新潮文庫

背中の勲章

吉村　昭著

新潮社版

2853

三十年近く前のことだが、その日の光景は私の眼に鮮やかな映像として残っている。

それは、太平洋戦争が開始されてから四カ月ほどたった昭和十七年四月十八日の正午すぎである。

その日は土曜日であったので、中学校三年生であった私は、半日の授業を終えて家にもどると凧《たこ》を手に部屋を出た。

その頃、私は凧揚げに凝っていて、角凧、六角凧をはじめ蟬《せみ》凧、奴《やっこ》凧、飛行機凧など十張り以上の凧を部屋の鴨居《かもい》にならべていた。

私はひまを見つけては凧を揚げ、夜、物干場にあがって凧を舞わせたこともある。冴《さ》えた月の光にみちた夜空に角凧のうかんでいた光景は、今でもはっきりと眼に焼きついている。

気温も春らしくやわらいでいて、空は晴れていた。

私は、物干台に上ると武者絵のえがかれた六角凧を空に放った。近くの谷中《やなか》の墓地方向には満開の桜並木の花の色が白っぽくみえていて、私はくつろいだ気分で糸をあやつり、凧は微風をうけて次第に舞いあがっていった。

凧が空高く揚ったので、私は、物干台の手すりに糸をまきつけ、つらなる家並みの瓦《かわら》をながめていた。

その時、私は、東の方向から草色の迷彩をほどこした飛行機がかなりの低空で近づいてくるのを眼にした。それは、私が今まで見たこともない奇妙な形態をした双発機で、尾翼の垂直尾翼が両端につき立っていた。

機は、ゆるやかな動きで近づいてきた。

ふと私の胸に、不安がきざした。機の高度が余りにも低いので、凧が飛行機にからみつきはしないかと思ったのだ。

しかし、それはむろん私の杞憂《きゆう》だった。機は、凧のはるか上方を通過したが、私はその機の主翼に意外にも星のマークが印されていることに気づいた。それは、雑誌の絵などでみるアメリカ空軍の標識と酷似していた。

私は、その機がどこか中国大陸か南方戦線で捕獲された敵機で、戦意昂揚《こうよう》のために東京上空を飛行させているのだと思った。

太い胴体の上部には機銃のつき出た半円形の銃座がみえ、風防の中には薄茶色い飛行服を着た乗員の顔が二つのぞいていた。

機は、身をかしげると桜の花のひろがる谷中の墓地の森の方へ遠ざかっていった。

私は、そのまま凧を揚げていたが、やがて遠い家並みから薄い煙が立ちのぼるのを見た。そして、庭から母の甲高い声がしたので凧をそのままに残して家に入ると、ラジオで東京に敵機が侵入したことを告げていると教えられた。

私は、その時になって初めて凧の上方を飛んだ飛行機がアメリカの爆撃機であることを知った。

隣近所がなんとなく騒がしくなって、そうした中を三男である兄が、興奮した表情で帰ってきた。

兄は、道を歩いている時、上空を通過するアメリカの中型爆撃機を目撃した。驚いた兄は、近くの交番に走りこむと、警官に敵機が飛んでいると告げた。

警官は、笑い、そして怒り出した。戦争は開戦以後日本に有利に展開し、南方諸地域の米、英、蘭《らん》軍は日本陸軍の急速な進撃につぎつぎと降伏し、海軍もハワイ奇襲、マレー沖海戦をはじめ多くの海戦で勝利をおさめ制海権を手中におさめていた。そうした戦局の中で、日本のしかも首都である東京上空に敵機があらわれることなど考えられもしなかったのだ。

警官は、流言蜚語《ひご》を流す不審者として兄を交番に連れこんだ。そして、住所、氏名をきき身体検査をしたが、その間にも兄が敵機をみたことをくり返したので、激昂《げっこう》した警官は荒々しく兄のネクタイをつかんだ。

その時、電話のベルが鳴って、受話器を耳に当てた警官の顔から血の色がひいた。兄は、そのまま無言で交番を出たという。

日本人にとって、アメリカ爆撃機の出現は予想もしていなかったことであったのだ。

その日の新聞を読み返してみると、各紙の夕刊に次のような記事が掲載されている。

「東部軍司令部では十八日の京浜地方敵機来襲について、午後一時五十七分左の如《ごと》く発表、同時にラジオ放送した。

午後零時三十分頃敵機数方向より京浜地方に来襲せるも、わが空、地両防空部隊の反撃を受け逐次退散中なり。現在までに判明せる撃墜機数九機にしてわが方の損害は軽微なる模様なり。皇室は御安泰にわたらせらる」

またその日の午後五時五十分、大本営は次のような発表をおこなっている。

一、四月十八日未明、航空母艦三隻《せき》を基幹とする敵部隊本州東方洋上遠距離に出現せるも、我が反撃を恐れ敢《あ》えて帝国本土に近接することなく退却せり。

二、同日帝都その他に来襲せるは米国ノースアメリカンB—25型爆撃機十数機内外にして各地に一乃至《ないし》三機宛《ずつ》分散飛来し、その残存機は支那《しな》大陸方面に遁走《とんそう》せるものあるが如し。

三、各地の損害はいずれも極めて軽微なり。

東部軍司令部の発表では九機撃墜となっているが、その残骸が本土に認められなかったので、大本営発表は戦果についてふれることを避けているのだ。

アメリカ中型爆撃機の本土への初来襲の気配は、すでに空襲日の九日前にあたる昭和十七年四月九日頃からきざしていた。

大本営は、敵情を監視する潜水艦その他の諜報《ちょうほう》情報によって、アメリカの一機動部隊が異常な動きをしめしはじめていることを察知し各方面に厳重な警戒態勢に入るよう警告していた。それは、その日真珠湾方面に哨戒《しょうかい》機が多数出現し、警戒艦四隻が太平洋上にむかって行動を開始したという情報を得ていたからであった。

事実、日本本土空襲をくわだてていたアメリカ機動部隊の空母エンタープライズはその日にハワイを出撃し、また空母ホーネットもミッドウエイ、西部アリューシャン間で合流するため航進をつづけていた。

さらに四月十五日になると、左のような北方部隊からの通信連絡が入電して、大本営海軍部の緊張は増した。

「北方部隊参謀長十五日〇七三〇発電

通信情報ニヨル敵情左ノ通リ

一、アリューシャン方面ニ二七機ノ哨戒機出現ス

二、十四日〇一〇〇頃ヨリダッチハーバーヲ中枢《ちゅうすう》トシテ一七機ノ哨戒機出現　内一機ハダッチハーバーノ西一二〇浬《かいり》ニアリタリ

以上ヲ綜合《そうごう》シ同方面ニ有力部隊行動中ノ算アリ　又ダッチハーバー方面ノ出現機数ハ従来ニナク多大ナリ注意ヲ要ス」

このような情報を得て、大本営は連合艦隊に警戒を厳にするように指令したが、その「有力部隊」の攻撃目標は南方のいずれかの日本海軍基地に向けられると予想し、日本本土空襲を企てるものとは判断していなかった。が、大本営は、万一を思って航空機による哨戒行動を強化し、敵機動部隊の本土接近を警戒させていた。東方洋上は連日晴れ渡っていて索敵には恵まれていたが、機動部隊は発見できなかった。

と、四月十八日午前六時三十分、本土から七三〇浬へだたった洋上に放たれていた多くの監視艇の一隻である第二十三日東丸（九〇トン）から、

「敵飛行艇三機見ユ　針路南西」

についで、

「敵飛行機二機見ユ」

の緊急報告が入電してきた。

また二十分後には、同艇から、

「敵航空母艦三隻（正確には二隻）見ユ」

「敵駆逐艦見ユ」

の発信があり、午前七時二分、

「敵大部隊見ユ」

の発信を最後に、同艇からの発信は絶えた。それは、同艇が敵機動部隊によって撃沈されたことをしめしていた。

さらにその日の午後零時三十分、監視艇長渡丸《ちょうと》（九四トン）から、

「敵艦隊見ユ」

午後一時には、

「敵航空母艦二隻　巡洋艦二隻見ユ　我攻撃ヲ受ク」

の発信を最後に消息を断った。

第二十三日東丸からの報告を受けた大本営は、敵機動部隊が日本本土空襲を意図して接近していることを知った。

しかし、海軍軍令部は、アメリカ機の本土来襲は十九日午前より以前におこなわれることは絶対にあり得ないと判断していた。空母に搭載《とうさい》されている艦載機の航続力は短く、来襲後母艦に帰投することを考えると、機動部隊はさらに本土近くまで接近しなければならない。空母の推定速力から計算してみると、予定海面に達するには翌十九日早朝以後と断定されたのだ。そのため人心の動揺をおそれて、攻撃目標の可能性の高い東京地区の警戒警報の発令もひかえ、横須賀鎮守府管区のみに午前八時三十七分警戒警報のサイレンが鳴り渡った。

軍令部からの通報を受けた第二十六航空戦隊は、午前十一時三十分まず陸上攻撃機三機を洋上遠く発進させ、午後零時四十五分には陸上攻撃機二十七機と二十四機の零《ゼロ》式戦闘機を敵をもとめて東進させた。

また連合艦隊は、横須賀に入港していた第二艦隊に緊急出撃命令を発するとともに、印度《インド》洋作戦を終えて台湾南方を内地にむけ帰投中であった空母「赤城《あかぎ》」、戦艦「榛名《はるな》」「金剛」を擁する第一航空艦隊に全速力で敵機動部隊を捕捉《ほそく》し撃滅せよと命じた。

さらに四月十六日に瀬戸内海を発して濠州《ごうしゅう》東岸にむかっていた六隻の潜水艦と敵機

動部隊の発見位置から二〇〇浬の海面にいた三隻の駆逐艦にも、それぞれ敵機動部隊をもとめて緊急行動に移るよう打電した。

大本営陸軍部も、海軍の行動と併行して午前十時ごろ哨戒機を発進させ、九七式戦闘機を東京付近の上空に配置させた。

午後零時、戦闘機は燃料もきれたのでつぎつぎに着陸をはじめた。

その直後、突然茨城県水戸市北方約十キロの地点にある菅谷《すがや》防空監視哨から、

「敵大型機一機発見」

の報告が入った。

敵機来襲は、明十九日以後と判断していた東部軍司令部は、その報告を誤報ではないかと疑った。そして、空襲警報発令もせず、その真偽の調査を命じたため迎撃の機を大きく逸した。

日本陸海軍が、翌十九日以後空襲されるだろうと考えた判断は、完全にあやまっていた。東京空襲を企てたアメリカ機は、軍令部の想像していた艦載機ではなく航続力の長い陸軍機ノースアメリカンB25であったのだ。

アメリカ機動部隊の作戦計画では、日本の東方四〇〇浬付近から隊長ドウリットル陸軍中佐の搭乗した爆撃機一機を発艦させ、夜の東京に焼夷弾《しょういだん》を投下させる。それに

よって生じた火災を目標に他の十二機が東京を襲い、残りの三機は名古屋、大阪、神戸を攻撃、大陸方面に避退して翌朝中国軍領有地域の飛行場に着陸させる予定を立てていた。

しかし、日本本土から七三〇浬の地点で監視艇第二十三日東丸によって発見されたことによって、作戦計画は根本的に崩壊した。

機動部隊指揮官海軍中将ウィリアム・F・ハルゼーは、東京を昼間爆撃することに予定を変更、午前七時二十五分、東京都心から六八八浬はなれた海上で第一番機を発艦させたのだ。

東部軍司令部が判断をくだしかねていた頃、東京上空には早くもノースアメリカンB25の機影が出現、都内各所から敵機発見の報につづいて銃爆撃をうけているという報告が同司令部に殺到した。司令部は、ようやく敵機来襲を確認し、空襲警報を発令すると同時に、戦闘機、司偵約四十機を舞い上らせた。

給油を終えた戦闘機群は数千メートルの高度で敵機の発見につとめたが、アメリカ機は意表をつくように人家の屋根すれすれの低空でしかも単機ずつ行動していたので発見はできなかった。

ようやくアメリカ機の姿をとらえることができた時には、すでに京浜地区の攻撃を終えて逃避中で、距離が遠く撃墜させる機会を失った。

ノースアメリカンB25は、東京、横須賀、名古屋、四日市、神戸の各方面を銃爆撃し中国大陸方面に去った。この空襲による日本本土の被害は、死者四十五名、重傷者百五十三名、家屋全焼百六十、半焼百二十九、全潰《ぜんかい》二十一、半潰二であった。

アメリカ機は、日本本土上空で一機も喪失することなく中国大陸へとむかった。が、そのうちのエドワード・J・ヨーク陸軍中尉《ちゅうい》機は燃料系統に故障を起し、最も近い距離にある友好基地ウラジオストックに着陸、ソ連官憲に押収、抑留された。

中国にむかった十五機のうち数機は、夜になって中国軍の麗水飛行場上空付近に達したが、計画変更の連絡を受けていなかった中国軍はこれを来襲した日本機と錯覚した。そして、付近一帯に空襲警報を発し、飛行場の燈火《とうか》もすべて消してしまった。

アメリカ機の搭乗員たちは困惑したが、燃料もきれかけていたので、四機が闇黒《あんこく》の滑走路に強行着陸をこころみ、全機が着陸に失敗して大破してしまった。また他機の搭乗員はつぎつぎと機から落下傘《らっかさん》降下し、一人は死亡、他の四名は河の中に落ち水死体となって発見された。

燃料を使い果した一機は、寧波付近の海上に着水、搭乗員は海岸まで泳ぎついたが、操縦者と二名の飛行士が日本軍に捕えられ、また南昌付近に落下傘降下した一機の搭乗員全員も日本軍の捕虜となった。

その年の十月二十日の新聞の第一面には、それらのアメリカ搭乗員捕虜が全員処刑されたことが報じられた。その記事には、黒い布で目かくしされた搭乗員が腕をとられて護送機から下ろされる写真が掲載されていた。

中学生であった私には、その黒い布と搭乗員の大柄な体が無気味に思えた。もしかしたら、そのアメリカの飛行士は、私の家の上空を低空でとんだ爆撃機の搭乗員ではないのかと思った。そして、その想像が的中していたとしたら、その飛行士は機上から私の揚げていた武者絵の六角凧《だこ》を必ず眼にしたにちがいないと信じこんだ。

私にとって、東京初空襲をくわだてたドウリットル隊は、凧と俘虜《ふりょ》になった飛行士の眼をおおっていた黒い布の印象を通して強烈な記憶としてよみがえってくる。

その時から三十年近く経過したわけだが、私は一昨年の秋、偶然の機会から一人の人物に会った。五十歳をすぎたその人の顔は血色がよく、眼には鋭い光がやどり、その口から発せられる言葉には強い張りがあった。

その人は、私に中村末吉と氏名を告げた。氏には、潮の匂《にお》いがかぎとれた。頭髪は、潮風にさらされたように白く、皮膚には海の陽光を浴びたような赤らみが焼きついていた。氏の語る話に、私はしばしば唖然《あぜん》としたが、そこにまぎれもない戦時中の日本人の姿をみた。氏自身にとっても事情は同じであった。氏は、自分の体験を語りながらも時折戦時という季節の中で生きた自分の行動を解しかねるという表情をした。

私は、氏の話をききながら時折笑った。氏も笑った。しかし、その笑いの後には、戦争というものの無気味な深淵《しんえん》をのぞきこんだような気がして、私と氏は少しの間沈黙するのが常であった。

東京初空襲の時、私は凧を揚げていたが、氏は遠く太平洋上にあったのだ。

一

昭和十六年十一月下旬、戦艦「山城」は瀬戸内海の柱島泊地の繫留《けいりゅう》ブイにつながれていた。

日米外交交渉は、アメリカのハル国務長官の発した回答によって事実上決裂していた。

ハル長官は、十一月二十一日、陸海軍当局との会談で、

「今や日米交渉は終り、外務当局としてなすべきものはなにもなくなった。今後の仕事は軍部の手に委《ゆだ》ねなければならぬ」

と述べ、ハルノートが日本に対する完全な最後通告であることをあきらかにした。最後通告は戦争の勃発《ぼっぱつ》に直接むすびつく。そのためアメリカ国防省は、十一月二十六日ハル国務長官が日本側に「ハルノート」を手交したと同時に、全軍に対して重大警告を発した。

これにもとづいてスターク作戦部長は、太平洋、アジア両艦隊司令長官に対し、「本電報ハ　戦争警告ト考エラレタイ　太平洋ニオケル事態ノ安定ヲ目指シタ日米交渉ハ既ニ終リ　日本軍ノ侵略行為ガ数日内ニ予期サレル」

という緊急信を発した。

また国防省命令として、特に、

「米国カラ先ニ手ヲ出スナ　日本側カラ軍事行動ヲ起サセヨ」

と指示した。

アメリカは開戦を決意してハルノートを日本政府に送ったが、それは「支那《しな》及ビ仏印ヨリ日本ノ陸海空及ビ警察ノ全面撤退」をふくむ完全な最後通告であったのだ。

日本もこのことを予期して、開戦の準備を着実にすすめていた。マレー方面に上陸をくわだてる陸軍の作戦計画と併行して、海軍もアメリカ海軍の主要基地であるハワイの真珠湾を奇襲攻撃するため、空母「赤城」を旗艦とした大機動部隊を千島列島のエトロフ島単冠《ひとかっぷ》湾に集結を急がせていた。

柱島泊地に碇泊《ていはく》する「山城」艦内にも、開戦の機が接近している緊張感がみなぎり、乗組員たちは連日早朝から猛訓練にはげんでいた。

昼の休憩時刻がきて午食を終えた時、艦内の拡声器から、

「中村末吉一水、艦長室に来たれ」

という声が繰返し流れ出た。

それは、異例の指令で、一等水兵が艦長によばれることは常識としてあり得ないことであった。

甲板に出て瀬戸内海の海をながめていた中村一水は、いぶかしみながらも艦長室に急ぎ室内に入ると航海長の姿もみえた。

かれは、体をかたくして不動の姿勢をとると、階級、氏名を名乗った。

艦長小畑長左衛門海軍大佐が、席から立ってきて中村の前に立った。

「小さな漁船を使用した作戦が開始されることになった。御苦労だが、退艦してその新任務につくように……」

と、小畑は静かな口調で言った。

「はい」

中村は、元気よく答えた。が、一等水兵である自分が、なぜ漁船などに乗り込むのか判断がつかなかった。

艦長は、そうしたかれの疑惑を解くように、

「その漁船は、敵艦を発見する任務をあたえられる。発見を通報するためには優秀な

信号兵を乗船させねばならぬ。慎重に検討した結果、お前がえらばれた。行くか？」

と、たずねた。

「はい、行きます」

中村は、即座に答えた。そして、艦長に敬礼すると、ドアを開けて室外に出た。

かれは、艦長が一水にすぎない自分に直接指令をくだした意味がおぼろげながら推察できた。その漁船による新作戦は、おそらく生還を期しがたい性格をもつもので、艦長はそうした事情を考慮して自分に命令したのだと思った。

「山城」は、その日抜錨《ばつびょう》すると瀬戸内海を出て横須賀軍港へとむかった。

中村一水は、横須賀につくと転勤命令を手に「山城」をおりた。「山城」乗組みとなったのは昨年の秋で、それから一年余をすごしてきた「山城」をただ一人で去るのは淋《さび》しかったが、重大任務につくことを考えると、感傷的な気分はたちまち消えた。

開戦前のあわただしい空気にみちた横須賀の町を駅へ急いだかれは、電車で上野駅にゆくと青森行きの夜行列車に乗りこんだ。かれは、発車した列車の車窓の外を流れる人家の灯に眼を向けながら、過ぎ去った日々のことを思った。

かれは、岩手県の沼宮内《ぬまくない》町の農家に生れ、尋常高等小学校をへて盛岡農業学校に入学した。山や田畠《たはた》を見なれたかれは海に憧憬《どうけい》をいだき、昭和八年農業学校を卒業すると海軍を志願して横須賀海兵団に入団、海軍航海学校で信号教育を受けた。

やがてかれは信号兵として駆逐艦「野風」乗組みを命ぜられて北海警備につき、三年後には「野風」から戦艦「山城」へと転属となったのだ。

十八歳の時から九年近く海軍生活を送ってきたかれは、厳しい訓練にも堪え、規律正しい生活を好もしく思っていた。そして、優秀な信号兵として上官からの信任も篤《あつ》く、そのことが自分を新任務につかせるのだと思うと誇らしい気分になった。

翌日の午後、列車は郷里の沼宮内駅を通過した。かれは、車窓に顔をおしつけて後方に流れ去る家並みを見つめ、母と妹の住む家のあたりを眼でさぐった。

集落がきれて、町の後方にそびえる岩手山がみえた。山肌はすでに雪におおわれ、明るい陽光に輝いている。かれは、再びその山容を見ることはできないような予感におそわれて、山が後方に消えるまで視線をそそぎつづけていた。

青森についたのは夕方で、かれは連絡船で函館に渡り釧路行きの列車に乗った。すでに北海道には雪がきていて、翌朝早くついた釧路の駅にも雪が舞っていた。

かれは、衣嚢《いのう》を肩に指定された港の桟橋に行った。そして、桟橋の上を歩いている三等水兵に前田儀作兵曹長はどこにいるかとたずねた。

水兵は、桟橋にもやわれている漁船の上に立つ精悍《せいかん》な顔をした兵曹長を指さした。

中村一水は、漁船に近づくと前田兵曹長に敬礼し、着任の報告をした。

「通知はきている」

と、前田兵曹長は言って桟橋に上ってきた。そして、漁船をしめすと、

「これがわれわれの特設監視艇長渡丸だ」

と、言った。

中村一水は、啞然《あぜん》とした。小畑艦長からは漁船だといわれていたが、当然大型漁船だと思いこんでいた。しかし、眼前に繫留されている漁船は一〇〇トン足らずの小船で、武装といえばわずかに七・七ミリ機銃が船橋近くにとりつけてあるだけだった。

前田は、降雪の中で艇の要目を説明してくれた。

長渡丸は、宮城県石巻市から徴傭《ちょうよう》された九四トンの鰹《かつお》漁専門の漁船で、先月の十月十五日に艤装《ぎそう》を終っている。武装は、七・七ミリ機銃一梃《ちょう》、三八式歩兵銃二梃、拳銃《けんじゅう》三梃と爆雷三個で、速力は七ノットだという。

「あれが僚船だ」

前田は、長渡丸にならんで繫留されている漁船をさし示した。それは第一岩手丸(九五トン)、第一大神丸(一四三トン)で、他の一隻《せき》は函館で修理中だという。

前田は、船内に中村を導き入れると、監視艇隊の組織を説明してくれた。

隊は、第五艦隊第二十二戦隊の指揮下にあって、長渡丸も訓練を終え次第監視艇隊に編入される。艇は前田を艇長とした十五名編成で、中村一水は信号長を命ぜられているという。しかし、その作戦目的は機密事項らしく話してはくれなかった。

日がたつにつれて、新任者が釧路港の桟橋に一人、二人と集まってきた。その中には、長渡丸に漁師として乗ったまま応召または軍属となった六名の男もまじっていた。艇員が全員集結を終ったので、ただちに訓練が開始された。艇の任務は哨戒《しょうかい》というだけでその詳細は不明だったが、長渡丸は釧路基地を出港し他の僚船とともに太平洋上へと向った。訓練は、敵艦と想定した駆逐艦を発見することであった。

洋上を進むにつれて、長渡丸は波のうねりにもてあそばれるようになった。船首が五〇度の角度で突き立つと、次の瞬間には激浪の谷間に船首を突っこむ。船尾のスクリューは、その都度音をたてて空転した。

長い艦上勤務を経験してきた中村一水も、さすがに船の動揺の激しさに呆然《ぼうぜん》とした。が、六名の漁師出身の艇員たちはそれが日常のことらしく、落下してくる海水を浴びながら平然と作業をつづけていた。

中村は、船橋の見張台に体をロープで固縛《こばく》し、仮想敵艦の姿をもとめて監視した。かれの視力は二・〇で、双眼鏡に眼をおしつけて艇が波の峰にせり上る度に洋上に視線を走らせていた。

第一回の訓練は一週間で終り、長渡丸は横須賀軍港へ入った。そして、船の整備を受けると、太平洋沿岸を北上、宮城県石巻港に入港した。そこには、長渡丸の船主や漁師出身の艇員の家族たちが待っていて温かいもてなしを受けた。

翌朝、長渡丸はさらに北上して津軽海峡を横断し函館に到着した。

その日、艇員たちは、日本が米・英・蘭三国と戦闘状態に入ったことを知った。

函館の町の中には、日本海軍機動部隊が真珠湾在泊のアメリカ主力艦隊に対し奇襲に成功したラジオニュースが流れ、さらに陸軍のマレー半島上陸もつたえられて市民は沸き立っていた。

艇員たちは、ようやく自分たちに課せられた任務の意味をおぼろげながらもさとることができた。日本海軍は、対米英戦の勃発《ぼっぱつ》を予想し、日本本土への敵艦隊の接近を防止するため太平洋上に哨戒線の設置を急いでいる。広大な海上には南鳥島以外に目ぼしい島はなく、有力な監視哨を設けることはできない。哨戒機は当然放つだろうが、それ以外に洋上の小島ともいうべき多数の監視艇を配置させて、敵艦の接近を予知しようとしているのではないだろうか。

中村一水は、責任の重大さに身のひきしまるのを感じた。かれの胸からは、小型漁船に配属されたという卑屈感は跡かたもなく消えていた。

三日後、長渡丸は函館港を出港した。開戦後海は戦場となっていて、艇員たちの表情もかたくこわばっていた。その構造は漁船にちがいないが、艇に課せられた任務を思えば一隻の軍艦であることに変りはなかった。

かれらは、船尾にひるがえる軍艦旗に敬礼し、唱和して軍歌をうたい、甲板掃除にはげんだ。

稚内《わっかない》に碇泊後、洋上訓練を重ねながら基地の釧路へ帰った。そして、船体整備の後、再び太平洋上へ出て実戦訓練に入った。

長渡丸は、遠く太平洋上に進出し、指定された哨戒線にそって南へ北へと往復運動をつづけた。

周囲には波のうねりがあるだけで海上に船影をみることもなく、孤独な日々がつづいた。

或《あ》る日、海面に水しぶきの上るのを見出《みいだ》し、接近してみるとそれは親子づれの鯨で、艇員たちは自分たち以外に生きている物を眼にした懐《なつ》かしさで遠ざかる鯨の姿を見送っていた。

昭和十七年の二月を迎えた。

長渡丸は横須賀に入港、前田艇長は、二月九日第二十二戦隊司令官堀内茂礼海軍少将のもとに赴いた。すでに二月一日には、第五艦隊第二十二戦隊指揮下に第一、第二監視艇隊が編成され、堀内司令官は全監視艇の艇長を招集して訓示をおこなったのである。

日本海軍は、ハワイ奇襲とマレー沖海戦によって米英海上兵力の主力を潰滅《かいめつ》させた。しかし、ハワイ攻撃でアメリカの空母に打撃をあたえることができなかったため、機動部隊の動きを警戒しなければならなかった。

その危惧《きぐ》は現実のものとなってあらわれ、一月下旬からその動きが次第に活発化し、二月一日にはアメリカ機動部隊がマーシャル諸島に来襲した。

アメリカ海軍は、開戦以来の敗勢の回復を企てて機動部隊を駆使するだろうし、士気を鼓舞するためにも航空機による日本本土に対する奇襲攻撃をしかけてくることが予想された。

前田艇長は、帰艇すると堀内司令官の訓示の趣旨を艇員につたえた。

まず堀内司令官は、戦局がきわめて有利に展開していることを「同慶ニ堪エザル所ナリ」と前置きしてから、敵が緒戦でこうむった頽勢《たいせい》を挽回《ばんかい》するため機動部隊を進めて本土空襲をくわだてることは疑う余地がない。哨戒部隊の各艇の任務は、その機動

部隊発見にあると述べ、その注意事項として、

一、軍紀ヲ振粛シ　和諧《わかい》ヲ旨トスルコト

二、見張ヲ厳ニシ行船ニ留意スルコト

三、哨戒線ノ整頓《せいとん》ニ努ムルコト

各艇ノ位置不整ナレバ敵ヲ脱過セシムル機会ヲ増大シ哨戒ノ目的ニ則サザルニ至ルヲ以《もっ》テ　各艇ハ天測ヲ励行シ正確ナル艇位ノ維持ヲ計リ哨戒線ノ確保ニ努ムルヲ要ス

四、報告、通報ヲ迅速適切ニ行ウコト

当部隊ノ重大任務ハ敵ヲ哨戒線ニ於《おい》テ発見スルニ在ルコト前述ノ如《ごと》クニシテ同時ニ之《これ》ガ報告ハ極メテ迅速確実ナルヲ要ス　各艇ハ適切ナル報告ニ欠クル処《ところ》ナキ様不断ノ留意ヲ要ス

と、訓示があったという。

さらに艇長は、監視艇が厳重な隠密行動をとる必要があるということを強調し、そのためには敵発見以外に無電を発することは許されないと告げた。

もしも無電を発信すれば、敵艦にたちまち傍受され監視艇の位置を察知されてしまう。そして敵艦は、巧みに監視艇の位置をさけて哨戒線を突破するにちがいなかった。

中村一水は、艇長の説明によって監視艇のおかれた立場をはっきりと理解することができた。かれは、戦艦「山城」で小畑艦長から直接転勤命令を受けた時、生還を期しがたい任務につくのだと察したが、それが事実であることを知った。

監視艇は、太平洋上で完全な沈黙を守って哨戒任務につく。艇が初めて無電を発信するのは、敵艦を発見した時である。しかし、その無電は敵艦にもキャッチされ、敵艦は通報した監視艇を必ず襲ってくるだろう。艇の速度はおそく、しかも武装は機銃と小銃、拳銃しかない。監視艇はたちまち撃沈され、艇員は戦死する。つまり敵発見は、同時に艇員全員の死をも意味するのだ。

かれには、むろんそのような非情な計画を立てた海軍部内の立案者に対する憤《いきどお》りはみじんもなかった。むしろかれは、日本本土を敵の空襲から避けさせるために自分たちが重大な責務を負わされているのだということに、おさえきれぬ興奮を感じていた。

二月二十五日、第一、第二監視艇隊についで第三監視艇隊が新たに編成され、長渡丸は同隊の第一小隊所属となった。

監視艇隊は、第五艦隊第二十二戦隊の特設巡洋艦「赤城丸」（七、三八九トン）、「粟《あわ》田《た》丸」（七、三九七トン）、「浅香丸」（七、三九八トン）の支援のもとに特設砲艦「昌栄丸」（二、九八六トン）、「安州丸」（二、六一〇トン）を母艦として、第一監視艇隊、第二監視艇隊各二十五隻、第三監視艇隊二十八隻計七十八隻の監視艇がそれぞれの基地に配置された。

作戦の開始は、機密北方部隊哨戒部隊命令作第一号として昭和十七年二月七日、北方部隊哨戒部隊指揮官堀内茂礼の名によって、

「作戦方針……所定担任区域ヲ哨戒シ　本土東方洋上ニ策動スルコトアルベキ敵機動部隊ヲ捕捉シ　其《そ》ノ本土空襲ニ先立チ友軍ト協力之ヲ撃滅スルニアリ」

と、発令されていた。

この作戦命令によって、第一、第二監視艇隊の各監視艇は、一週間の哨戒任務につくため遠く太平洋上へと放たれた。

二月中旬がすぎた。その頃から、アメリカ機動部隊の活発な行動をつたえる情報が入電しはじめ、連合艦隊司令部はにわかに緊張した。そして、二月十七日午後一時連合艦隊は参謀長名によって、

「情報ヲ綜合《そうごう》スルニ　近ク米国機動部隊ハウエーキ島及ビ南洋方面ニ来襲スル算大ナリト判断ス」

と、警告を発し、翌十八日午後一時には、それを裏づけるように北方部隊参謀長から、

「情報ニ依《よ》レバ二月十六日一四〇〇頃敵機動部隊ハワイヲ出撃セシモノノ如シ　警戒

ヲ要ス」

と、打電してきた。

さらに北方部隊指揮官は、

「一、通信諜報ニヨレバ十六日ハワイヲ出撃セル敵機動部隊ハ十八日二一四〇頃北緯二九度四〇分　東経一七五度五〇分付近ニ在ル算大ナリ」

と、きわめて詳細な情報をつたえ、一応南洋方面に向うと判断しながらも本土に接近する可能性もあると予測して、監視艇に警戒を厳にするよう指令した。

そのアメリカ機動部隊は二十日にラバウルに来襲、本土への接近はみられなかった。三月一日、日本軍はジャワ島に上陸、五日にはバタビアを占領、九日には蘭領東印度軍が無条件降伏した。また比島方面の作戦も順調に進んだが、アメリカ機動部隊の動きはさらに活発化してきていた。

まず三月四日早朝には南鳥島に機動部隊が接近、艦上爆撃機約四十機が来襲、俘虜《ふりょ》となったアメリカ飛行士の訊問《じんもん》によって空母「エンタープライズ」の参加が確認された。

さらに十日には、ラエ、サラモア方面にアメリカ機動部隊が来襲、大本営海軍部は、

一、敵ハラバウル　トラック方面ニ積極的行動ニ出《い》ズルト共ニ東京又ハ小笠原方面

ニ奇襲ヲ企図スル算アリ
と、警告を発し、それにつづいて、
一、三月三日頃ハワイ方面哨戒機ノ動キガ活発ナリシコトヨリ見テ　何カ部隊ノ出撃セシ疑アリ
二、本邦近海　父島又ハ本州東岸ニ敵潜水艦ノ出現セルニ鑑《かんが》ミ敵ノ手口ヨリ見テ何等カ企図アルコトヲ綜合シテ　敵機動部隊ノ本邦沿岸ニ対スル機動作戦ト判断セラレ　連合艦隊其ノ他各部之ニ対スル手段ヲ講ズルコト
と、情況判断を伝えた。

しかし、実際には本土接近はなかったが、大本営は、アメリカ機動部隊が近い将来東京をはじめとした諸都市の空襲を企図しているのではないかという予断を深めていた。

その後、機動部隊らしき無線電信の交信をしばしばとらえて、その都度大本営は本土来襲にそなえて警戒態勢をとらせていた。

そうした緊迫した情勢の中で長渡丸は、釧路基地で訓練を重ねながら待機していた。艇員は、出撃の命令を待っていた。そして、休日には外套《がいとう》を着て雪に埋もれた釧路の市内を散策していた。

二

三月上旬、長渡丸は、雪と氷におおわれた釧路港をはなれ、日本本州の太平洋沿岸沿いに南下した。三陸の山なみには白雪がかがやき、それは鋭い山肌をみせて海岸に点在する部落にのしかかるように起伏していた。

艇が南下するにつれて陸上の雪は次第に少なくなり、福島県沖合を通過する頃から雪は消えた。気温は徐々に上昇し、横須賀に入港すると、わずかに春の気配さえ感じられた。

長渡丸に、出撃の刻《とき》がやってきた。

長渡丸をふくむ第三監視艇隊七隻《せき》に第一、第二監視艇隊から特別に加わった五隻の監視艇をふくめた十二隻の監視艇は、特設巡洋艦「浅香丸」の支援のもとに三月十八日午前九時横須賀を出港した。

監視艇の群れは、エンジンの音をとどろかせて東進した。

中村一水は、潮風に吹かれながらかすんでゆく本土の陸地をながめた。そこは、自分の生れ育った島国であり、全面を太平洋にさらしたその姿は敵の攻撃を容易に受けそうな心許《こころもと》ないものに感じられた。

かれは、あらためて監視艇隊の存在意義を思った。監視艇隊の哨戒《しょうかい》配置海面は、東京から七三〇浬《かいり》の距離にあって、数珠《じゅず》をつなぐように艇が配置される。その間隙《かんげき》をぬって敵機動部隊が通過するおそれもあるが、監視艇が発見に成功し打電すれば、敵の本土奇襲意図は完全に打ちくだかれる。かれは、薄れてゆく陸地の影をみつめながら、本土を救うことができるか否《いな》かは自分たちの肩に負わされていることを痛感した。

海水のみしかみえぬ航進がつづいた。体にはエンジンの震動が絶え間なくつたわり、艇は鰹《かつお》船特有の突き立った舳《へさき》を波のうねりにはげしく上下させながら進んでゆく。黒雲がひろがると雨が落ち、雲がきれると再び海面は陽光にかがやいた。

気温が徐々に低下し、口もとの筋肉が寒さでこわばった。その頃から、監視艇は左右に分れてそれぞれの哨戒配置海面へ向って消えていった。

単独航進がつづき、横須賀を出港してから六日目の三月二十三日正午に、長渡丸は哨戒線に到達した。その頃、同位置で哨戒をつづけていた第二監視艇隊の監視艇が、長渡丸と交替して日本の基地へ艇首をむけていた。

長渡丸は、指示された哨戒線上を北へ南へ往復運動を開始した。そして、前田艇長をはじめ艇員たちは、双眼鏡に眼を押しつけて洋上を監視した。

一日がすぎ、二日がすぎた。洋上にはただ海水のうねりがあるだけで艦影はみえない。その中を長渡丸は、舳にくだける波のしぶきを浴びながら航進をつづけていた。

艇員たちは、自分たちの運命をよく知っていた。

無線機は、敵にその所在をさとられぬため完全に発信を厳禁されている。もしも艇内に急を要する病人が出ても、母艦に無電で連絡をとることも許されない。むろん持場をはなれることもできず、病人はいたずらに死を迎えなければならない。長渡丸の無線機から発信音が出るのは、敵を発見した時にかぎられる。つまり敵発見を友軍に打電した時、それは艇員全員の戦死を意味しているのだ。

しかし、艇員たちには死を恐れる気持はなかった。かれらの願いはただ一つ、自分たちの艇が敵を発見することであった。

かれらの感情は、異様な希求にまでたかめられていた。もしも敵機動部隊が本土空襲を企てて接近してくる折には、自分たちの哨戒区域を通過してもらいたいという気持さえいだいていた。

監視艇の任務は、艦艇の乗組員とは比較にならぬほど地味なものである。艇員たちは、ハワイ奇襲作戦以後、華々しい海上での戦闘がくりひろげられていることを知っていた。そして、それらを羨望《せんぼう》視する艇員たちは、太平洋上で展開されている戦いの一環に参加したかった。監視艇の乗組員であるかれらにとって、それは敵機動部隊の発見であり、攻撃してくるだろう敵と交戦し戦死することであったのだ。

「発見したいな、敵が来てくれぬかな。発見したら金鵄《きんし》勲章ものだ」

と、艇員たちは口癖のようにそんな言葉をくり返していた。そうしたかれらの心理は、波のうねりしかみえぬ洋上を監視しなければならぬ無聊《ぶりょう》から生れ出たものかも知れなかった。

風が強まり、海上は荒れはじめた。

長渡丸は、その中を指示された哨戒位置を南に北に進んでゆく。そして、艇員たちは、体をロープで固縛して水平線上を監視しつづけていた。

三月三十日の朝を迎えた。

二十三日以後一週間の哨戒任期を終えた長渡丸は、すでに到着しているはずの監視艇と交替し哨戒線をはなれた。そして、北海道の釧路基地に帰投するため西へと向い、四月五日には他の僚船と前後して釧路の桟橋に船体を横づけした。

北海道の山岳地帯は雪におおわれていたが、釧路の町の雪は消えていた。気温もゆるみはじめていて、町には春の気配がきざしていた。

長渡丸は、早速船体整備に入りエンジンその他の点検もおこなわれた。

中村一水は、故郷の母に葉書を書いた。元気で勤務中だから心配せぬように、と簡単に近況をつたえたが、かれはそれが最後の故郷への便りになるかも知れぬと思った。かれは、横須賀から釧路へ赴任する途中列車の車窓からみた岩手山の姿を思い起した。死の確実に予定されている自分の運命を思うと、その山容を眼にできたことは幸いだったと思った。

釧路港には特設巡洋艦「浅香丸」をはじめ多くの監視艇が碇泊《ていはく》していたが、長期の休息は許されていなかった。各艇では整備を急ぎ燃料や食糧の積込みもおこなって、釧路に帰投してから八日後の四月十三日には第二回目の出撃命令が下った。

中村一水たちは、長渡丸に乗船すると纜《ともづな》をといた。エンジンが始動し、長渡丸は岸壁をはなれた。

第三号昭和丸、大紀丸、喜洋丸、第六朝洋丸、栄福丸、長渡丸、第一岩手丸の七隻の監視艇は、特設巡洋艦「浅香丸」の後を追うように港口へと進み出た。そして、舳をならべて再び哨戒線への航進を開始した。波を押しわけて進む七隻の監視艇は、漁場へ急ぐ漁船の群れにみえた。他の艇も鰹船で、長渡丸と同じようにその乗組員の半数を占める漁師出身者は、操舵《そうだ》と機関部を担当していた。

三日間の航行の後、各艇はそれぞれの配置海面へと別れてゆき、やがて長渡丸は単独航行に入った。

長渡丸が予定海面に到達したのは、釧路を出撃してから五日目の四月十七日の朝であった。そして、その日、同方面の哨戒に当っていた第二哨戒隊の監視艇は交替して帰路についた。

前田艇長は、全員を船上に集めると、

「あらためて訓示する。われわれは、敵を発見するのが任務のすべてである。発見と同時に打電をするが、その時はわれわれの戦死の時であり、監視艇長渡丸は敵に対して体当り攻撃を敢行する。それでは、哨戒任務につく」

と、言った。

空は晴れわたっていたが、海上の波は荒かった。

乗組員は、艇長の訓示を受けるとそれぞれの部署にもどって哨戒任務についた。

日が傾き、華やかな夕焼けがひろがった。海面は茜色《あかねいろ》に染まり、大きな太陽が早い速度で水平線下に没していった。

夜は、満天の星だった。

当直の艇員は、星明りの洋上に双眼鏡を向けつづけた。

中村一水は、船内で横になっていた。船の揺れははげしく、体がベッドから落ちそうになる。

眼を閉じると、白雪におおわれた岩手山の山容がよみがえった。かれは、戦死の瞬間にもその山の姿を思い浮べるにちがいないと思った。


四月十八日の夜明けがやってきた。

長渡丸は、薄暗い海上をエンジンの音をとどろかせて進みつづける。日の出は、午前四時四分であった。

空気は冷えていて、艇員は潮風をうけながら洋上に双眼鏡を向けた。

朝の点検を終え、艇内の掃除をおこなった。

太陽がのぼり、空は前日につづいて晴天だった。

北西の風が吹き、風速は十五メートルと記録された。軍艦旗は音を立ててはためき、船体は荒い波にもまれて航進をつづけた。

交代で朝食をとった艇員たちは、船の動揺にたえながら甲板上に立って監視をつづけていた。視界は良好で、約九、〇〇〇メートルであった。

と、午前六時三十分、艇内の電信室にいた通信長斎藤正二一水が、突然甲板上に走

り出てきた。そして、船橋の見張台に立つ中村末吉一水に、

「信号長、第二十三日東丸が敵発見を打電している」

と、叫んだ。

中村一水は、体に熱いものが閃光《せんこう》のように刺し貫くのを感じた。

「よし、電信室にもどって受信をつづけろ」

と、中村一水は斎藤に言うと、前田艇長に、同様の内容を伝えた。

にわかに艇内には、緊迫した空気がはりつめた。

前田艇長は、

「総員戦闘配置につけ」

と、甲高い声で命じた。

斎藤通信長の受信した暗号電文が前田艇長のもとに手渡された。その内容は、

「敵飛行艇三機見ユ　針路南西
敵飛行機二機見ユ」

という第二十三日東丸からのものだった。

島もない広大な太平洋上に飛行艇、飛行機が飛行していることは、その近くに敵空母が航行をつづけていることをしめしている。おそらくそれらの飛行機は、機動部隊

の航路を監視する哨戒機にちがいなかった。しかも、その海上位置からみて、敵機動部隊が本土空襲をくわだててひそかに航進していることは疑う余地がなかった。

第二十三日東丸は第二監視艇隊に属し、前日に長渡丸ほか六隻の第三監視艇隊と交代して釧路基地への帰路についている監視艇であった。同艇は、その帰投途中で偶然にも敵を発見したのだ。

長渡丸は、息をひそめるようにその後の第二十三日東丸からの発信に全神経を集中していたが、二十分たった午前六時五十分、

「敵航空母艦二隻見ユ」

という第二十三日東丸からの暗号電文をとらえた。

さらにそれを追うように午前七時二分には、

「敵大部隊見ユ」

の発信がとらえられた。遂に第二十三日東丸は、敵の大機動部隊を発見したのだ。

しかし、その直後第二十三日東丸の発信した電波は敵にも確実にとらえられたらしく、

「ワレ敵機ノ攻撃ヲ受ク　全力ヲアゲテ交戦中」

という悲壮な電文が発信され、その直後に撃沈されたのか、第二十三日東丸からの

発信はその電文を最後に絶えた。

「いいか、敵を発見して打電したらすべては終る。その時は敵に突っ込むのだ」

前田艇長は、眼をいからせて叫んだ。

中村一水は、マストの見張台に立って洋上を凝視しつづけた。

波は荒く、風はうなりをあげて走っている。眩《まばゆ》い太陽が高くのぼった。海は輝き、波頭は白くひらめいていた。

緊迫した時間が流れた。

中村一水は、任務を果したいと思った。敵を発見し、打電したかった。第二十三日東丸につづいて長渡丸が敵を発見できれば、本土空襲を企てる敵機動部隊に対する日本海軍の迎撃は一層有利になるだろう。

小さな監視艇に身を託した自分たちが、大戦果を生むきっかけをあたえることになるなら、かれは自分の肉体を捧《ささ》げても悔いはないと思った。

時計の針が、正午をまわった。

かれは、見張台に立って双眼鏡に眼をあてつづけた。視界は遠くひらけていたが、陽光の降りそそぐ水平線近くの海面には陽炎《かげろう》のように空気がまばゆくゆらいでいた。

その水平線上を慎重に移動していたかれの双眼鏡が、不意に北の方向に向けられたまま動きをとめた。

かれの眼は、双眼鏡のレンズの中に注がれた。錯覚か、とかれは思った。海面から立ちのぼる水蒸気のいたずらかとも思った。

かれは、眼をこらした。

なにか微細な針状のものが見えたはずだが、それは消えていた。

しかし、かれは諦《あきら》めなかった。たしかに自分の眼はなにかをとらえた。それは、海のうねりの中で異物のように一瞬その影をあらわしたのだ。

かれは、双眼鏡をおろし眼をしばたたくと、再びレンズの中をのぞきこんだ。

突然、かれは、自分の背筋に冷たいものが走るのを意識した。と、その直後に全身の血液が一斉に沸騰《ふっとう》するように逆流するのを感じた。

錯覚ではなかった。水平線上に細いものがゆらぎながらかすかに浮び上っている。しかも一本ではなくその近くにさらに一本の細いものが見える。

やった、とかれは思った。それは第二十三日東丸が発見した敵機動部隊のマストにちがいない。

かれは、双眼鏡から眼をはなすと、

「艇長」

と、船橋上にいる前田兵曹長にうわずった声をかけた。

前田艇長が、鋭い眼を向けてきた。

「北方の水平線上に、敵艦隊らしきマストを発見しました」

中村一水は、自分の声が興奮でふるえているのを意識した。

艇員たちは、中村一水の視線の方向に双眼鏡を向けた。

「よし信号長。敵艦隊か否《いな》かしっかり確認せよ」

前田艇長が、答えた。

「はい、確認します」

中村一水は、再び双眼鏡を眼に押し当てた。

レンズの中には、あきらかに艦のマストらしいものが浮び上っている。針の先端のように細くとがっているが、水蒸気ににじんで蜃気楼《しんきろう》のようにもみえる。

長渡丸は、舳《へさき》を返すとその方向にむかって全速力で走りはじめた。

舳で割れる波しぶきが、甲板から見張台までふりかかってくる。海水に濡《ぬ》れた船尾の軍艦旗は、重そうな音を立ててはためいていた。

水平線上のマストが、徐々に鮮やかになってきた。そして、その数も増してやがて六本のマストが横に一列になってみえてきた。

「見える、見える」

船橋上から双眼鏡をのぞいている艇員の口からも声が起った。

中村一水は、航海学校で敵か味方かを艦型によって識別する方法を教育され、きびしい訓練を受けていた。その訓練から得た知識から推測すると、それは日本海軍の艦艇のマストとは異なっていた。

そのうちに、マストの下部から艦橋らしきものが浮び上り、艦影がはっきりしてきた。それは、淡い青色をしめし、海水と同調しようとしているように見えた。

艦型から判断して敵艦の群れと断定した中村一水は、

「艇長。北方にある艦影は敵艦隊にまちがいありません」

と、報告した。

前田艇長はうなずくと、即座に、

「敵艦隊見ユと打電せよ」

と、命じた。

中村一水は、再び双眼鏡をのぞきこんだ。

かれにとって、それは初めて眼にする敵艦の艦影だった。

ふとかれの胸に、奇妙な感情がきざした。それまでかれの感じていた敵という概念は、幻影に近いものだった。が、レンズの中に映じる艦艇は、日本に打撃をあたえる目的をもってはるばるアメリカから太平洋を越えてやってきた敵なのだ。敵は実在の物であり、それは急速に自分たちの艇に向って接近してきている。かれは、なにか大きな歴史のうねりの中に参加している自分を意識した。

艦型の輪郭はさらに明らかになり、マストの数も九本に増加していた。巨大な空母が二隻《せき》、巡洋艦と駆逐艦をしたがえて突き進んでくる。

中村一水は、

「空母二、巡洋艦三、駆逐艦四」

と、艇長に報告した。

艇長は、通信長に対し電文内容をしめして緊急打電を命じた。

通信長は、電鍵《でんけん》をたたいた。

「敵航空母艦二隻　巡洋艦三隻　駆逐艦四隻見ユ　ワレ任務ヲ完《まっと》ウシ　乗員ミナ元気　コレヨリ敵ニ突ッ込ム　テンノウヘイカ　バンザイ」

時刻は、午後一時近くであった。

その発信と同時に、艇内には死の翳《かげ》がひろがった。長渡丸からの「敵発見」につぐ第二信は、接近してくるアメリカ機動部隊の受信機にもとらえられ、攻撃にさらされることは確実だった。

「信号長、みな甲板上に集合させよ」

艇長が、中村一水に命じた。

中村は、機関部に伊藤則夫三等機関兵のみを残して全員を甲板に上らせた。

艇長は、長沼主計兵に酒を持ってこさせると、二升の清酒を全員の茶碗《ちゃわん》についだ。

艇員たちの顔には、血の色が失われていた。

艇長が、直立する艇員たちを見廻すと、

「これで、われわれは任務を完うした。天皇陛下万歳を三唱する」

と言って音頭《おんど》をとり、一同天皇陛下万歳を叫んだ。そして、

「あの世で会おう」

と、茶碗をあげた。

中村は、酒の味がわからなかった。死は、一刻一刻と近づいている。自分のまわりに立って酒を飲む戦友たちが、やがては一人残らず死体と化すことを思うと粛然とした気分になった。

深い沈黙がひろがり、その中をさらに航進をつづける機関部のエンジン音がきこえている。洋上に眼を向けると、空母や巡洋艦が城郭の群れのように大きくなって迫っ

てきていた。

だれからともなく国歌が口ずさまれ、さらに「海ゆかば」が歌われた。艇員たちの眼には光るものがあふれ、その口もとはこわばっていた。

歌が終ると、艇長は、

「総員配置につけ」

と、叫んだ。

艇員たちは、素早くそれぞれ爆雷投下台や機銃のかたわらにもどった。

「信号長、重要書類を整理せよ」

艇長の命令で、中村一水は、軍極秘、極秘、秘書類をズックに入れ、五〇キロの鉛板とともに海中に投じた。

長渡丸は、死地に自ら赴くようにアメリカ機動部隊にむかって波を分けながら進んでゆく。略帽を顎紐《あごひも》でとめた艇員たちは、無言で死の瞬間を待った。

見張台上に立って双眼鏡をのぞいていた中村一水は、

「敵飛行機発艦せり」

と、艇長に報告した。

空母の甲板から、一機の偵察機らしい飛行機がすべり出すと、機首をもたげて上空に舞い上るのがみえた。そして、直線的に長渡丸の上空に近づいてきた。

「敵機来襲」

という声に、機銃手は銃口を偵察機に向けた。

他の艇員は、三八式歩兵銃二梃《ちょう》を手に射撃のかまえをとった。

偵察機が爆音をとどろかせて頭上をかすめすぎた時、機銃と小銃の射撃音が起った。が、偵察機は、身をかしげるように旋回しながら遠くはなれると、また急速に近づいてきた。

射手は引金をひき、あたりに硝煙が立ちこめた。九四トンの漁船にすぎない長渡丸は、強大な戦闘力をもつアメリカ機動部隊に一梃の七・七ミリ機銃と二梃の小銃で戦いを挑んだのだ。

偵察機は、数回長渡丸の上空を旋回飛行すると、機首をさげて空母に着艦していった。

と、それと入れ替りに、艦上攻撃機が二機前後して発艦するのが見えた。

中村一水は、最後の時がやってきたことを知った。空母は、約二、〇〇〇メートルの距離まで近づいている。小さな長渡丸から見ると、それは絶壁にふちどられた島のように大きく逞《たくま》しくみえる。そして、その船体は、青と白の塗料で波状に擬装されていた。

殺気をはらんだ爆音があたりの空気を引き裂き、その下腹部から爆弾が投下された。近くの海面に水しぶきが上り、長渡丸は舳をふり立てるようにして之字《のの じ》運動を開始した。それが効を奏して、爆弾は船首や船尾の方向にそれた。

艦上攻撃機の爆撃が終ると、上空を機関車の驀進《ばくしん》するような轟音《ごうおん》が起り、近くの海面に壮大な水柱が舞い上った。みると三隻の巡洋艦に赤い光が瞬間的にひらめいている。艦砲射撃が開始されたのだ。

たちまちあたりは、凄絶《せいぜつ》な音響に満ちた世界と化した。巡洋艦の閃光《せんこう》は果てしなく点滅をくり返し、空には砲弾の通過音が交差した。

至近距離にも砲弾が落下し、立ち昇った水柱が割れて長渡丸に滝のように海水が落ちてきた。

艇員たちは、全身を海水にぬらして互いに励まし合いながらそれぞれの部署にしがみついていた。

艦砲射撃は数分後にやんだが、上空を旋回していた艦上攻撃機が爆撃と銃撃を開始した。

機は爆弾を投下すると機首をかえし、錐《きり》をもみこむような鋭いエンジン音を立てて急降下してくる。そして、機銃弾を連射しては飛び去ってゆく。

中村一水は、ミシンの縫目のように海面に機銃弾のあげる水しぶきが一直線に近づいてきて、艇の上を通過するのを何度も眼にした。艇員たちは、機銃と小銃を手にして艦上攻撃機に発砲をつづけた。

爆弾は、艇に当らない。長渡丸は奇跡的にも無傷のまま之字運動をはげしくくりかえしながら航進をつづけていたが、やがて最初の戦死者が出た。それは、機関部から伝令のため上甲板に出てきていた鈴木三次二等機関兵で、機銃掃射の銃弾がその胸部をつらぬいたのだ。

しかし、鈴木二機兵の遺体を片づける余裕もなく艇員たちは必死に応戦をつづけていたが、そのうちに声をふりしぼって指揮していた艇長の前田儀作兵曹長が崩折れるように倒れた。

傍《そば》に立っていた中村一水は、その体に手をかけた。

艇長は、かすかに短い呻《うめ》き声をあげただけで動かなくなった。前田の前頭部に機銃弾が命中していて、それが頬にぬけていた。

中村一水は、船橋のわきにある休息所に遺体を引き入れると、直立して別れの敬礼をし、再び船橋に立った。

艇長が戦死したので、兵科である中村一水が先任者として指揮をとらねばならなくなり、大沼健一二等水兵が操舵《そうだ》を担当した。

その頃から、悲惨な光景がくりひろげられた。

まず至近弾によって船橋の見張台が四散し、船尾と船橋にも爆弾が命中した。

機銃弾も絶え間なく浴びせかけられ、

「斎藤通信長が戦死しました」

「長沼二水が戦死しました」

という悲痛な叫びが、艇員たちの口から発せられる。

船体も傷ついて、前部から徐々に浸水しはじめた。そのため後部へ移動した漁師出身の甲板長小沢三男三等兵曹と松原三等機関兵が、機銃掃射で折重なるように倒れた。

爆弾を投下しつくしたのか、艦上攻撃機は長渡丸上空をはなれると帰艦していった。

が、その直後から、再び巡洋艦の艦砲射撃がはじまった。

甲板も艇内も、血があふれるように流れている。

中村一水は、長渡丸を航進させて敵空母に体当りをすべきだと決意した。そして、戦闘の邪魔にならぬよう戦友の遺体をすべて海中に投げ捨てた。

そして、船が航進できるかどうかをたしかめるため羅針儀に近寄った時、不意にかれの視野は白くなった。白い気泡が一斉に湧《わ》いたようにも思えたし、無数の白い花弁が開いたようにも感じられた。かれの耳から音は絶えた。

意識のない時間が流れた。

かれは、再び音響を耳にし眩《まばゆ》い陽光の輝きも眼にした。かれの眼に、明るく澄んだ青空が映った。

かれは、はじかれるように立ち上った。傍のマストがふきとんでいたが不発弾だったらしく、腰から血が流れているだけで傷らしいものはなかった。

艇は、前部へかなり傾いている。が、エンジンは順調に動いていて、艇は空母にむかって進みつづけていた。

中村一水は、指揮者として生きている者を掌握しなければならぬと思った。そして、拡声器に口を押しつけると、

「機関部おるか」

と、叫んだ。

すると、伊藤三機の声で、

「信号長ですか」

という落着いた声がもどってきた。

「そうだ、信号長だ。機関部は大丈夫か」

「はい、みな元気です。機関長も元気です」

「そうか、それはよかった」

中村は、答えた。

「信号長」

「なんだ」

「いろいろお世話になりました」

中村は、伊藤の言葉に愕然《がくぜん》とした。かれは、すでに死を決意しているらしい。

中村は、大きな声で、

「伊藤、何を言うんだ。今に日本艦隊が必ずやってくる。それまで頑張るんだ」

と、言った。

伊藤は、それで気をとり直したらしく、

「頑張ります。艇長は元気ですか」

と、きいた。

中村が、

「戦死した」

と言うと、伊藤はそのまま返事をしなかった。

甲板上には、中村一人しかいなかった。かれは、生存者を確認するため血ですべりやすくなっている甲板を後部に行くと、居住室の階段を下った。

とたんにむせ返るような血の臭《にお》いが鼻をついた。

かれは、部屋の中央に二人の男が坐《すわ》っているのを見た。その体は、全身血におおわれ、その血が部屋の中にも流れていた。

それは大木一等機関兵と砲術長の浅沼一等水兵で、手にはそれぞれ出刃庖丁《ぼうちょう》がにぎられ大木の胸と浅沼の首にそれぞれの刃先が食いこんでいた。二人は、互いに刺しちがえて自決していたのだ。

中村は、二人の手にかたくにぎりしめられている庖丁をようやくとり上げると、遺体を床の上に横たえた。

さらに室内を見まわすと、機関長の手賀義男一機曹と甲板員の堀江吉蔵一水がカーテンの近くに放心したように坐っている。その二人の姿にも、自決の気配が濃かった。

「機関長、堀江、浸水してきている。早く上甲板に上れ」

中村は、声をかけた。

しかし、堀江が自決している大木一水と浅沼一水の姿に眼を向けながら、

「信号長、ここでお供します」

と、答えた。

「そんなことを言ってはいかん。日本艦隊が必ずくる。早く上甲板に上るんだ」

中村は、眼をいからせて言った。

手賀と堀江は、ようやく納得したらしく腰を上げると中村につづいて上甲板に出た。

巡洋艦には赤い閃光がひらめいて艦砲弾が落下していたが、長渡丸にかなりの被害をあたえたことを察したらしく砲撃を中止した。

あたりに深い静寂がひろがった。洋上には、青と白で迷彩をほどこした巨大な空母を中心に、巡洋艦、駆逐艦が浮んでいる。

中村は、

「ワレ任務ヲ完ウシ……コレヨリ敵ニ突ッ込ム」

と打電した電文を思い起した。

艇長以下十五名の艇員は十一名が戦死し、生存者は、自分と伊藤、手賀、堀江の四名しかいない。自分たちにはすでに死が確定しているし、長渡丸も監視艇としての任務を終えている。小さな漁船ではあるが、敵空母に体当りすることによって少しでも損傷をあたえるべきだと思った。

中村は、機関部に入ると、

「伊藤、これから敵艦隊に突っ込む。エンジンを全開せよ」

と、命じ、伊藤も上甲板に上げた。

エンジンの音がたかまり、長渡丸は、空母にむかって全速力で突進しはじめた。

その時、居住室から一人の男が上ってきた。それは大沼健一二水で、部屋のカーテンのかげで船と運命を共にしようと坐っていたのだ。

「よく生きていたな」

と、中村は声をかけた。生存者は五名だったのだ。

波のうねりは大きく、それを押し分けるようにして長渡丸は空母に接近してゆく。

中村たちは、上甲板に立って潮風に身をさらしていた。

しかし、長渡丸が空母に五〇〇メートルほどの距離まで接近した時、浸水していた艇は前部から沈みはじめた。

中村は、やむなく船からはなれることを決意し、

「全員、裸になれ」

と、叫んだ。そして、素早く作業服をぬぐと、褌《ふんどし》一つの裸身になった。

長渡丸は、エンジンの音をさせながら海面に渦をまき起して海面下にゆっくりと沈

んでいった。

五個の裸身が、波のうねりの中で一個所に寄りかたまった。

中村は、空母に眼を向けた。いつの間にか空母の上甲板に白いものが帯状につらなっている。それは白い服を着た水兵の群れで、物珍しげに中村たちの動きを見物しているようにみえた。

かれは、空母の艦尾に海水が白く泡立《あわだ》っているのに眼をとめた。

「いいか、これから総員空母のスクリューに突っ込む」

と、かれは言うと、先頭になって勢いよく泳ぎ出した。かれは、武器ももたぬ自分たちが敵にわずかながらも打撃をあたえるのには空母のスクリューに巻きこまれる以外にないと思った。

その近くに達すれば、海水は自分たち五人の体を自然とスクリューにまきこんでゆくだろう。自分たちの肉体は、スクリューの鋭利な刃でたちまち小刻みにされ、その肉片は推進軸の間にまぎれこんでゆくかも知れない。もしもそのような事態が起れば、わずかではあってもスクリューを故障させることができるかも知れないと思ったのだ。

かれらは、寄り添うように海水をあおりつづける空母のスクリューにむかって泳いでいった。

「信号長」

と、だれかが言った。

ふと見ると、巡洋艦から一艘《そう》のゴムボートがおろされて、こちらにむかって進んでくる。

中村は、空母のスクリューまでの距離を目測した。それは少なくとも四〇〇メートル近くはあって、スクリューに到達するまでにボートに追いつかれることはあきらかだった。

大型のゴムボートは、明るく輝く波にのし上ると、すぐに波の谷間に没してしまう。ボートには十名以上の敵兵がのっているのが確認できた。

「奴《やっ》らを殺そう」

中村は他の四名に言うと、波間に見えかくれしながら近づくゴムボートに向って泳ぎはじめた。

すでに艇長をはじめ十名の艇員は戦死し、中村たちの死も定まっている。かれは、どうせ死ぬ身であるなら一人でも多くの敵兵を海中に引きずりおろして殺したかったのだ。

ゴムボートとの距離が、またたく間に接近した。敵兵は、鉄兜《てつかぶと》をかぶりこちらに顔を向けてオールを動かしている。

かれにとって初めて眼にする敵兵だった。オールをにぎる敵兵の腕に刺青《いれずみ》があるのがみえた。黒人兵もいる。鼻梁《びりょう》の異様にとがっている色素の薄い白人兵もいる。そして、かれらは、一様に予想以上の大きな体をしていた。

ボートが、五メートルほどに接近した。かれの全身に闘志がみなぎった。その殺気にみちたかれらの表情に気づいたのか、数名の兵がオールをにぎりしめた。

中村は、かれらの口から、

「ジャップ、ジャップ」

という声があわただしく発せられるのを耳にした。そして、海水をあおると、ゴムボートのへりにしがみついた。

かれは、手をのばして敵兵の体をつかもうとした時、顔にソバカスの散った一人のアメリカ兵がオールをふり上げるのが眼に映った。

その直後、かれの眼いっぱいに数知れぬ微細な白い花弁が一斉に開花するのを感じた。

「ジャップ、ジャップ」

という叫びが、真綿に包まれたようにこもってきこえる。そして、それもいつの間にか遠い声になっていった。

三

かれは、眼を開けた。頭が痛く、眼の前に無数の小さな炎が浮沈子《ふちんし》のように競い合いながら上下している。

ひどい頭の痛みに眼を閉じようとした時、炎の群れの奥に白い塗料のぬられた天井がひろがっていることに気づいて眼を大きく開いた。

かれの意識は、まだ霞《かす》んでいた。波のうねりに身をゆだねているような気分だった。その波のうねりの彼方《かなた》の水平線上にかすかに現出した水色のマストがよみがえった。

機銃掃射をしながら急降下してきた敵機のエンジンの金属音に似た鋭い音響。周囲に立ち昇る壮大な水柱。海水を泡立てていた空母のスクリュー、そして、ゴムボートをつかんだ時の柔らかい掌の感触を思い起した時、かれは、愕然《がくぜん》として身を起そうとした。かれは、意外にも自分が生きていることに気づいた。

しかし、体は起き上らなかった。かれの体はベッドに横たえられ、両手両足がかたくベッドに緊縛されている。

かれは、うろたえたように部屋の内部に視線を走らせた。薄茶色い服を着た男が、部屋の隅に立っている。それは、毛髪も眼の瞳《ひとみ》も茶色い背の高い男だった。

脳の中に砂礫《されき》が瞬間的に音を立ててめりこんでくるのを感じた。つかまった、とかれは全身で叫んだ。

かれの頭は、激しく錯乱した。捕虜という言葉が、かれをおびやかした。戦友は、死んだ。一緒に泳いだ伊藤も手賀も堀江も大沼も戦死したにちがいない。その中で、自分だけが捕虜になったことに、かれは恐怖を感じた。

全身の血液が、頭にふき上った。

「殺せー、殺せー」

かれは、身もだえしベッドの上で暴れ出した。咽喉《のど》が裂けるような声で、かれは叫びつづけた。

看護兵らしいアメリカ兵は、突然の絶叫に、

「ノー、ノー」

と、しきりに手をふっていたが、持て余したようにドアの外に出て行った。そして、一人の男とともに部屋の中へ入ってきた。

中村一水は、その男の顔に呆然《ぼうぜん》とし、叫ぶのをやめた。男の顔は、日本人の顔だっ

た。

中村は、ベッドに近づいてきたその男に、

「お前は、日本人か」

と、言った。

「父が日本人だ。しかし母は、アメリカ人だ」

男は、細い眼で中村を見つめながら言った。

中村一水は、ようやくその男が日系二世だということに気づいた。

「それでお前は、アメリカ兵になっているのか」

「そうだ」

男は、平静な口調で言った。

中村一水は、その男に激しい怒りを感じた。そして、その男をひねり殺してやりたい衝動にかられて身もだえしたが、手足は革バンドでくりつけられていて動かなかった。

「殺せ、いつまで生かしておくんだ」

中村一水は、日系米兵に鋭い口調で言った。

「短気を起してはいけない。アメリカ軍は、あなたを殺さない」

と、男は言うと、とまどった表情で部屋を出て行った。

部屋は、ゆるやかに上下してゆれている。重々しいエンジンの音も体につたわっていて、かれはアメリカ機動部隊の一艦艇に乗せられていることに気づいた。

日本軍人に、捕虜という境遇はない。生きて虜囚の辱《はずか》しめを受くる勿《なか》れという軍律からも、かれは自ら命を断たなければならなかった。

頭痛は激しく、頰も盛り上るようにはれている。アメリカの水兵はオールで頭と頰を強打し、失神した自分を海中から引き揚げたのだろう。気絶したのだから捕えられたのはやむを得ないが、俘虜《ふりょ》として生き延びることは許されない。

もし自分が捕虜となったことを知れば、生家の母や妹は近在の者たちに冷視され、自殺してしまうかも知れない。そして、卑劣な家系として親類縁者も萎縮《いしゅく》した生活を強いられるだろう。

かれは、戦死できなかった自分の不運を悔いた。かれの進むべき道は、死以外にない。自殺してしまえば、捕虜になったことも知られずにすむにちがいなかった。

手足を縛りつけられたかれは、餓死を考えた。水も飲まず食物も口に入れなければ、やがて死は自分の肉体に訪れてくるだろう。第一敵からあたえられたものを受けることは、最大の恥辱だった。

室内に灯がともった。

食物の匂《にお》いがして、食盆にパンと副食物をのせた看護兵がベッドの傍に立った。そして、パンをちぎると、かれの口に押しあてた。

かれは、看護兵の眼をにらみすえながら歯をかたくかみしめ、唾《つば》を吐き散らした。次にアルマイトのコップで水が口に流された。が、かれが顔を左右にふったので、水は頬を流れ落ちた。

翌日も翌々日も、かれは、かたくなに水と食物をこばみつづけた。激しい渇きと飢餓感がかれを襲った。意識が時々うすれてまどろんだが、その間にボタ餅《もち》や親子丼《おやこどんぶり》を食べる夢ばかり見た。

ベッドにくくりつけられたかれは、背や腰の骨がくだけるような疼痛《とうつう》になやまされた。頬を強打された時歯もくだけたらしく、口中も痛んだ。

かれは、死が一刻も早く訪れてくることをねがった。死がやってくれば、捕虜としての汚名も消え、肉体的苦痛からも解放される。

かれは、自分の体の衰弱している状態を自ら推しはかった。が、体力はまだ十分残っているようだし、死は当分やってきそうには思えなかった。

四日目には、眼がかすんできた。その薄れた眼に、近くに立つ番兵の腰にさげた拳《けん》銃《じゅう》が映った。

かれの胸に、閃光《せんこう》のようにかすめすぎるものがあった。このまま餓死すれば、ただ自分一人の死にすぎない。が、日本軍人として、死の前に敵兵を一人でも多く殺す方が有意義であることはあきらかだった。

もしも、敵兵から拳銃をうばうことに成功すれば、少なくとも一人の敵兵は撃ち斃《たお》すことができる。そして、最後の一発を残して、それで自決もできる。

拳銃をうばうためには、アメリカ兵の監視の眼をやわらげる必要があった。かれは、その計画を成功させる第一歩として水と食物を受け入れようと思った。それは、敵兵に心のゆるみをあたえるだろうし、第一敵兵と格闘する場合の体力を養う上に必要不可欠のものであった。

かれは、農業学校の授業で習った英語の単語を思い出しながら、

「ハロー、ブレッド・アンド・バター、ウォーター、プリーズ」

と番兵に声をかけ、すっかり干《ひ》からびた唇を開け閉じしてみせた。

番兵は、一瞬いぶかしそうな表情をしたが、再びかれが同じ言葉をくり返すとすぐに納得したらしく、大きくうなずいてドアの外に出て行った。

突然かれは、身の焼けただれるような激しい飢《き》渇《かっ》感《かん》におそわれた。咽喉の乾きが強

烈に意識され、胃が急に蠕動《ぜんどう》するのが感じられた。

かれは、長い間待たされたように思った。ドアの開くまでの時間がもどかしくてならなかった。

やがて、苦笑しながら看護兵が食盆を手に入ってきた。そして、アルマイトのコップをかたむけて口の中に水を流しこんでくれた。

水が咽喉から食道に落ちていった。かれは、恍惚《こうこつ》とした。水のうまさが全身にしみ渡った。

パンが、口の中に入れられた。かれは、飢えきっている自分を米兵に見せたくなかったが、口が自然に荒々しくパンを咀嚼《そしゃく》していた。

番兵が、笑っている。看護兵の眼にも、可笑《おか》しそうな光がうかんでいる。かれは、屈辱を感じたが、これも拳銃をうばうまでの演技なのだ、と自分に言いきかせた。

その夜も食物を口に入れ、翌日も食事をとった。ベッドにしばりつけられてから六日間がすぎた。

翌日、番兵が二人で入ってくると、中村一水の腕を革バンドからはずし手錠をかけた。そして、足のバンドもとくと、ベッドからおろした。

中村の足はよろめいた。

番兵が、拳銃の銃口を背骨に強く押しつけ、歩くように促した。もしかすると手錠をはめられたまま海に投じられて殺されるのかと思ったが、それならそれで差支《さしつか》えはなかった。

しかし、かれが連れてゆかれたのは治療室であった。

かれは、顔色を変えた。自分の体は傷ついているが、敵にそのような治療行為を受けたくはなかった。が、同時に敵の注意をそらすため従順を装《よそお》う必要があるし、体力を維持する上からも体の傷をいやしておかなくてはならないと思った。

頭に薬液がぬられ、歯のくだけた部分にも治療がほどこされた。かれは、その部屋の戸棚に置かれているメスをひそかにうかがっていた。

治療を終えると、かれは再び部屋に連れもどされ、ベッドに縛りつけられた。

治療室に連れてゆかれたことは、アメリカ兵の自分に対する監視がわずかながらもゆるんだ証拠と解釈された。態度を変えてから二日目にベッドから起されたことから考えると、日を追うにつれて行動は自由になってゆくにちがいないと思った。

かれは、その日も番兵の腰にさげた拳銃に視線を走らせ、それを奪った折の拳銃の操作方法を熱っぽく頭に描きつづけていた。

翌日、朝食を終えて間もなく、看護兵が栄養剤らしい注射をした。

しかし、かれの意識はそのまま失われた。アメリカ軍は、中村一水が食事を口にするようにはなったが、俘虜の身を恥じる日本水兵として自殺する可能性が高いと判断していた。殊《こと》にハワイへ上陸する折には、その危険が十分にあると予想された。

そうした予測から、中村一水に麻酔液を注入し、睡眠状態でハワイに上陸させたのだ。

……それは、ハルゼー海軍中将指揮のアメリカ機動部隊が長渡丸と遭遇してから一週間後の四月二十五日であった。

意識をとりもどした時、かれは自分の体がゆれていないことに気づいた。体はベッドに縛りつけられていたが、ベッドの据えられている部屋が海の上ではない大地の上にあることを知った。

捕虜になったという意識が、再びかれを苦しめた。島なのか、大陸の一部であるのかわからなかったが、敵兵と敵国人の中でただ一人自分だけが捕虜として生きていることに戦慄《せんりつ》した。

かれらは、なぜ自分を殺さないのだろう。生かしておいて訊問《じんもん》し、なにか有利な答えを得ようとしているにちがいない。そして、それがすめば殺されるのだ、と思った。

部屋の気温は、かなり高かった。どこか南方の島にちがいないと思った。ベッドの傍には、ひどく大きな体をしたアメリカの看護婦が立っていた。そして、煙草《たばこ》に火をつけてすうと、中村の口にくわえさせようとした。

中村は、顔をそ向けた。

日系米兵が入ってきた。

「きさま、なぜ日本人なのにアメリカ兵なんだ」

麻酔薬がまだ残っているらしく、かれの言葉は不鮮明だった。

「仕方がない。アメリカの規則なのだ」

日系米兵は、無表情で答えた。

「ばかもん。きさまは日本人の恥だ」

中村は、呂律《ろれつ》のまわらぬ声で叫んだ。が、日系米兵は、黙ったままかれの顔を見つめてから部屋を出て行った。

その日から、かれはベッドにしばりつけられたまま本格的な治療を受けた。頭、頰、腰に薬がぬられ、歯のくだけた個所の膿《うみ》もとりのぞかれた。

かれは、米兵の拳銃を奪うことばかり考えながら黙々と治療を受け食事を口中に入れていた。

八日後に、かれは初めてベッドからおろされた。下着と作業服のようなものを着せられ、両手に手錠をかけられた。

「これから、あなたは海兵隊本部に行き、軍法会議にかけられます」

と、日系米兵が言った。

「どうとでもしろ」

中村は、苛立《いらだ》ったように言った。

部屋から廊下に出され、庭に下り立った。振返るとかなり大きな建物で、庭には南国の樹木や花々が咲き乱れている。

中村が眼で建物を仰ぐと、

「ここはどこだ」

「ハワイの海軍病院だ」

と、日系米兵が答えた。

ハワイか、とかれは思った。そうした予感は漠然としてあったが、自分がアメリカ太平洋艦隊の主要基地であるハワイにいることを思うと、捕虜となった実感があらためて胸に迫った。

椰子《やし》の樹《き》の下にジープが一台とまっていた。そして、かれが米兵と日系米兵に腕をとられてのりこむと、ジープは坂道を勢いよくのぼっていった。

白い建物が見えてきて、ジープはその前にとまった。遠く陽光に輝いた海がみえた。かれは、その海の彼方《かなた》にある祖国を思った。と同時にかれの胸に、或《あ》る事が突然のようによみがえった。

第二十三日東丸につづいて長渡丸の発見した敵機動部隊は、日本艦隊の迎撃も受けずにハワイへ帰投したが、機動部隊は本土空襲の目的を達したのだろうか。そのことを考えもしなかった自分が不思議に思えた。

かれは、米兵に腕をとられて建物の階段をのぼりながら、機動部隊の作戦は失敗に終ったにちがいないと信じた。二隻《せき》の監視艇に発見された敵機動部隊は、艦載機を発艦させることを断念し日本艦隊の追撃におびえながらハワイに逃げ帰ったのだろう。自分たちが確実に任務を完うしたという思いが、かれにわずかながらも救いになった。

廊下を進むと、大きな扉の前に拳銃を腰にした米兵が立哨《りっしょう》するように立っていた。そして、中村一水が近づくと、扉を開けた。

内部に入ると、テーブルがコの字形にならんでいて、大きな星条旗を背に十名以上の高級士官らしい男たちが厳しい表情をして坐《すわ》っていた。そして、米兵は、その机にかこまれた床に置かれた木製の椅子《いす》に、中村を引き据えるように坐らせた。

中村は、壁に貼《は》られた星条旗を見つめた。雑誌や新聞で見たことはあったが、布製のしかも大きなアメリカの国旗を見たことははじめてだった。かれは、物々しく飾られているその旗をひきむしってやりたいような衝動にかられた。

中村が坐ると、正面に坐った将官らしい五十歳ぐらいの男が英語でなにか言った。そして、その言葉が終ると、中村の耳に日本語がきこえた。右手の机の前に坐る眼鏡をかけたアメリカの士官が、かれの顔を見つめていた。

「あなたの姓名は？」

士官が言った。

中村は、顔をそ向けた。質問には一切答えまいと思った。

「姓名をきいているのです。答えなさい」

士官が再びたずねた。

「猿飛佐助」

中村は、答えた。

士官が、一瞬口をつぐんだ。そして、英語で居並ぶ士官たちに早口でなにか説明した。

「あなたは漫画が好きなようですね。霧隠才蔵じゃないんですか。捕虜になったからには仕方がないでしょう？　本当の姓名を名乗りなさい」

士官が、さとすように声をかけてきた。

中村は、そのアメリカ士官が日本の事情に精通しているらしいことに驚いた。もしかすると、日本に長い間住んでいたことのある男かも知れぬと思った。

かれは、姓名を口にすることは決してすまいと心に誓った。もしも、その姓名が日本側に伝えられるようなことにでもなれば、故郷の家族に大きな恥辱をあたえる。自分はすでに姓名も持たぬ一個の人間であるにすぎないのだ。

口をつぐみつづける中村に、士官は将官たちと言葉を交わしていたが、

「それではきくが、あなたの宗教は？」

と、質問を変えた。

中村は、その色白の士官に顔を向け、

「そんなことはどうでもいい。早く殺せ、殺せ」

と、叫ぶと、立ち上った。

将官が、鋭い声でなにか言った。

入口に立っていた二人の米兵が走り寄ってくると、中村の両腕をつかんだ。そして、荒々しく部屋の外に連れ出した。

中村は、大柄な米兵に引き立てられながらも、

「殺せ、殺せ」

と、叫びつづけた。

その日、かれは海兵隊本部の一室にある頑丈な鉄格子《ごうし》の檻《おり》に入れられた。そして、昼食も夕食もあたえられなかった。

夜になると、毛布が二枚投げこまれた。かれは、手錠をはめられたまま毛布にくるまって眠った。

翌日も翌々日も食事はあたえられなかった。体力が回復しているためか、捕われた直後の絶食よりも飢渇感が激しかった。しかし、かれは負けるものか、と思った。軍法会議の委員たちは、飲食物をあたえぬことによって自白を強いようとしている。そのような生温《なまぬる》い手段で自分を屈服させようとしても効果はないのだ、と自分に言いきかせていた。

食事を絶たれてから四日目、檻の扉がひらかれて米兵に腕をとられた。かれの歩く足に力はなく、膝《ひざ》が何度も崩折れかけた。

廊下を渡って、軍法会議の部屋に引き入れられた。

椅子に坐った中村一水は、眼前の机の上に食物が並べられているのに気づいた。鳥

のもも焼きが皿にのせられている。パン、チーズ、パイナップルに、ウイスキーの瓶《びん》までふたをはずして並べられている。

かれは、その子供じみたアメリカの士官たちの行為が滑稽《こっけい》に思えて、思わず薄笑いを浮べたが、空腹感が堪えがたいほどつのった。

正面に坐っている将官をはじめ士官たちは、真剣な表情でかれに視線を注いでいる。

「腹がへったでしょう」

眼鏡をかけた士官が声をかけてきた。

中村は、かすんだ眼をその士官に向けると、

「海軍病院では食事を出したのに、なぜここでは食わせないのか」

と、言った。

「それは、あなたが言う事をきかないからだ」

士官は、反射的に言った。

中村は、拗《す》ねたような笑いを口もとにうかべると顔をそ向けた。

「ともかく食べてからききますから、食べなさい」

士官が、おだやかな声で言うと、米兵に言いつけてまず鳥のももを中村の前にさし出した。

かれは、口をあけると肉にかぶりついた。バターの味がよくしみこんでいてうまかった。パンにつづいて、パイナップルも食べた。そして、グラスにつがれたウイスキーも少量咽喉《のど》に流しこんだ。

「姓名は？」

と、士官が言った。

「立花二郎」

と、かれは答えた。

「宗教は？」

「曹洞宗《そうとう》」

士官たちは、中村が淀《よど》みなく答えることに緊張をゆるめたようにみえた。

「あなたは、監視艇の艇長ですね」

「ちがう、ただの船乗りだ」

「正直に答えなさい。あなたの船が沈む前に上空から写真をとりました。その船橋で指揮しているあなたの姿がうつっている。艇長でしょう」

士官が、確信をもっているようにたずねた。

「ちがう、ただの船乗りだ。偶然そこに立っていただけにすぎない」

中村は、平静な口調で答えた。

その日は、それで質問は打切られ檻にもどされたが、翌日から連日その部屋に呼び出されて質問を浴びせかけられた。

「日本に軍艦は何百隻ぐらいあるか?」

「私たち兵にはわからぬ」

「戦艦の数とその名は?」

「十隻。長門《ながと》、陸奥《むつ》、伊勢、霧島……」

「そんなことは絵葉書で知っている」

士官は苦りきって言った。

「陸軍の要塞《ようさい》はどこにあるのか?」

「陸軍ではないから知らぬ」

「横須賀の軍港に防潜網をはっているか?」

「もぐってみたことがないから知らぬ」

「呉《くれ》海軍工廠《こうしょう》で、大きな戦艦がつくられているはずだが?」

「造艦技師ではないからわからぬ」

訊問《じんもん》は、五日間つづき、士官たちは不満そうに中村を見つめた。そして、最後に、

「どうだ、日本に帰りたいだろう」

と、士官はそれまでの物柔らかな態度を一変させて乱暴な口調で言った。

「帰りたくない。今に日本軍が上陸してくるから、その時になったら一緒に戦うんだ」

中村は、反発した。

「もし、上陸してこなかったらどうする」

士官の眼に、敵意が光った。

「その時は死ぬ」

「日本人は、やたらに死ぬ死ぬというが、日本人はバカだ」

「バカで結構だ。日本では捕虜は銃殺だ」

中村が言うと、士官の顔は憤《いきどお》りで赤く染まった。

その日で軍事裁判も終り、中村は収容所に移送されることになった。

かれは、手錠をはめさせられたまま日系米兵と銃をもった米兵につき添われてジープに乗せられた。

車が走り出すと、急にかれは激しい疲労感をおぼえた。十日近い訊問の間、かれは不利なことを口にすまいと緊張しつづけていた。が、巧みにかれらの質問をそらせることができたことに満足していた。

ジープは、椰子《やし》にふちどられた舗装路を蛇行《だこう》しながら下った。そして、道を右に大きく曲ると、丘の中腹に沿って伸びている道を走りはじめた。

ふと、かれは、左下方に異様な光景を眼にして体をかたくした。

かれの眼は輝き、顔は紅潮した。かれは、シートの上で体をはねさせた。歓喜が四肢にひろがり、眼に熱いものがつき上げてきた。

新聞やラジオで報じられたニュースが、そのまま眼前の光景となってひろがっている。広い湾の中央に平坦な島があるが、そのふちに巨大な戦艦が艦腹をさらし、傾いた艦橋が海面から露出している。

湾内は、撃沈大破された艦艇におおわれている。それは、鉄屑《てつくず》の壮大な遺棄場のようにみえた。

真珠湾だ、と、かれは胸の中で叫んだ。開戦日にハワイを日本機動部隊が奇襲したニュースにかれは感動したが、アメリカ艦隊にあたえた損害がこれほど大きいものとは思ってもいなかった。大本営の発表では、戦艦四隻巡洋艦二隻撃沈、戦艦四隻大破その他と発表されていたが、かれの眼に映る残骸は、それを上廻る華々しい戦果にうつった。

日系米兵が、中村の視線を追いながら、

「お前たちの友軍に滅茶苦茶《めちゃくちゃ》にやられた。あれを見てどう思う」

と、言った。

中村は、光る眼を日系米兵に向けると、

「いいざまじゃないか」

と、言った。

日系米兵は、口をつぐんだ。そして、真珠湾を沈鬱《ちんうつ》な表情で見つめていた。

ジープが丘の中腹を走って、軍の施設らしい建物の並ぶ道に出た。そこには、作業員らしいアメリカ人が列をつくって歩いていた。

ジープが徐行し、警笛を鳴らした。

作業員たちが歩きながら道の片側に寄って、ふりむいた。そして、ジープの中に手錠をはめられた中村を認めると、ジャップ、ジャップと互いに言葉を交わし合った。かれらの眼に敵意にみちた光が浮び、掌《てのひら》でピストルの形をさせると、

「ポーン、ポーン」

と、発射音を口にした。

そのうちに、金髪の小柄な男が、

「トージョー、ヒロヒト、バカタレ。バカタレ」

と、歯列をむき出して叫んだ。

中村は、身を乗り出すと、

「クソッタレ」

と、罵声《ばせい》を浴びせかけた。

天皇陛下のことを「ヒロヒト」と呼び、総理大臣東条英機陸軍大将のことを「トージョー」と呼び捨てにし、しかもそれにかれらは「バカタレ」という言葉をつけ加える。

アメリカの職工たちの中に、なぜそのような日本語を知っている者がいるのか。それはもしかしたら日系米兵が教えたものかも知れなかった。

ジープは、舗装路を走りつづけた。

かれは、「ヒロヒト、トージョー、バカタレ」という言葉に胸が痛んだ。天皇陛下と東条首相は日本の指導者であり、殊《こと》に天皇陛下は、全国民の尊崇する神でもある。それを、バカタレという侮蔑《ぶべつ》にみちた言葉できかねばならぬ自分が、かれには悲しかった。

「生きて虜囚の辱《はずか》しめを受くる勿《なか》れ」という言葉があらためて胸に息苦しく迫った。

開戦以来、戦局はきわめて有利に展開していて、日本軍将兵は各方面で華々しく戦っている。そうした中で、自分だけが捕虜として天皇陛下や東条首相に対する蔑《さげす》みの言葉を浴びせかけられていることが、堪えがたい屈辱に思えた。日本軍将兵の中で、捕虜になった者は自分一人だけにちがいない。自決することもできず生きながらえていることに羞恥《しゅうち》を感じた。

ジープが坂をおりはじめると、前方に奇妙な建物がみえてきた。緑色の兵舎のようなものがならんでいて、その周囲に頑丈な鉄索がはりめぐらされている。そして、その四隅には見張り台のようなものが立ち、自動小銃を手にしたアメリカ兵の立っているのが見えた。

収容所だということに気づいた中村末吉一等水兵は、

「あそこには、どういうやつらを収容しているのだ」

と、傍のシートに腰を下ろしている日系米兵にきいた。

「ハワイにいるドイツ人と、一世の日本人だ」

日系米兵は答えた。

「一世だけをつかまえて、二世以上は自由なのか。アメリカの犬になっているわけだな」

と、中村は言ったが、日系米兵は口をつぐんで答えなかった。

収容所の入口で、立哨兵《りっしょう》が書類に眼を通し、通るように手で合図した。

ジープは門を入り、中央の道路をゆっくりと進んだ。

左手の柵《さく》の中には日本の女たち、右手の囲いの中には日本の男たちが、身を寄せ合ってこちらに視線を向けている。

中村は、顔を伏した。日本軍将兵は、捕虜になるより死をえらぶ。ハワイ在住の日本人一世たちも、そのことを確《かた》く信じ、それを誇りとも思っているはずだ。そうしたかれらの眼に、手錠をはめられて収容所に送られてきた自分の姿はどのように映るのだろうか。かれは、大柄な米兵のかげにかくれるように体をすくめて頭を垂れていた。

ジープが、道路のはずれで停止した。

顔をあげると、左側の囲いの中に外人の女たちが洗濯物を干したり子供の手を引いて歩いたりしている。それは、日系米兵の口にしたドイツの抑留婦人たちにちがいなかった。

かれは、米兵に腕をとられ、右手の鉄条網の囲いの中に引き入れられた。そこには、緑色の塗料のぬられた兵舎のような建物が立っていた。

中村は、米兵に肩を押されて建物の中に入った。そして、大きな部屋に連れこまれると、手錠をはずされた。

「これに着かえなさい」

日系米兵が、テーブルの上におかれた服をとり上げた。

中村は着ていた服をぬぎ、日系米兵のさし出した服を手にとった。

かれの眼に、PWという文字が映った。それは、衣服の背に白いペンキで大きく書き記されている。かれには、その文字がPrisoner of Warの略語であることには気づかなかったが、捕虜を意味する標識らしいことは理解できた。

かれは、その衣服を身につけることに屈辱を感じた。江戸時代に罪人は、額や腕や足に刺青《いれずみ》をほどこされたというが、PWという文字を背に負うことは自分が完全に捕虜という烙印《らくいん》を押されることになる。

しかし、かれは、その衣服に腕を通した。着ることをこばむ立場にない自分が腹立たしかった。すべては自分が捕虜になったことに原因があるのだ、とかれは胸の中でつぶやいた。

衣服を着終ったかれは、背中のPWという文字を強く意識した。ペンキで塗られているためか、その部分の布地がひどくこわばっているように感じられる。そして、その文字が布地を通して背中の皮膚に消えがたい鮮烈さで押しつけられているように思った。

かれは、気負い立っていた気分がその服を着せられたことによって、急に萎縮《いしゅく》するのを感じた。

「こちらへ来なさい」

日系米兵が、腕をとった。

かれは、無言で廊下に出た。

米兵が先に立って進むと鉄製のドアの前で足をとめ錠をあけた。そして、親指で「入れ」という仕種《しぐさ》をしてみせた。

中村は、ドアの内部に足をふみ入れた。

不意に、かれの眼が大きくみひらかれた。部屋の内部に、四人の男が立ってこちらを凝視している。かれは、口を半開きにし一人一人の顔に視線を注いだ。

「信号長」

その一人の口から、かすれた声がもれた。

中村の咽喉に、熱いものがつき上げた。

一機曹の手賀義男がいる。漁師出身の一水堀江吉蔵、予備三機伊藤則夫や二水の大沼健一もいる。かれらは、自分とともに空母のスクリューにむかって泳ぎ、そしてゴムボートの米兵を殺すために突き進んだ。そのかれらも捕虜となって生きていたのか。

かれは、無言で近づくとかれらの腕をつかんだ。

「信号長、よく生きていてくれた。死んだと思っていたのに」

かれらは、声をふるわせて泣いた。

中村は、かれらの姿をうるんだ眼でながめた。かれらもPWという文字の記された衣服を身につけている。そのような戦友たちの姿を眼にすることは堪えがたかった。

やがてかれらの顔に、暗い表情がうかびはじめた。かれらも、捕虜服を着た中村の姿をみることが苦痛らしく眼をそらせていた。

大沼が、中村に眼を向けた。その顔には憤りの色があった。

「信号長、なぜあの時おれたちにあんな命令を下したんです。船と運命を共にするか自決してしまえば、こんなみじめな捕虜などにならなくてすんだんだ。なぜ戦死の機会をあたえてくれなかったんだ」

かれは、唇をふるわせて言った。

他の者たちも同意見らしく、非難にみちた眼を中村に向けてきた。

「悪かった。このような結果になるとは思ってもいなかったのだ。戦死できたはずなのにお前たちを捕虜にさせてしまって……」

中村は、頭を垂れた。責任は、すべて自分が負わねばならぬ。先任者として状況判断をあやまり、戦死の機会を逸したことが深く悔まれた。

「これからおれたちはどうしたらいいのだ」

堀江が、悲痛な声で言った。中村は、顔をあげた。

「こんなことを言える立場ではないが、今さら悔んでも仕方はあるまい。捕虜になってしまったが、お国のために少しでもお役に立つ方法があるはずだ。今に日本軍は、このハワイにも必ず上陸してくる。その時にわれわれ五人は、収容所を脱走して日本軍の案内役をつとめようではないか。それにそなえて、地形その他アメリカ軍の状況を出来るだけ頭にたたきこんでおこう」

と、かれは四人の仲間に言った。

手賀たちは、黙っていた。が、やがて手賀が、

「そうだ、最後の御奉公がまだ残っている。捕虜にはなっているがおれたちは敵地に乗りこんだ決死隊でもあるのだ」

と言うと、他の者たちもようやく一つの救いを見出《みいだ》したようにうなずいた。

中村は、かれらに捕えられた前後のことと現在までの経過をたずねた。かれらも、一人の例外もなく米兵にオールで頭部をたたかれ、意識を失って収容された。その後、

舌をかんだり食事をこばんで自殺をはかった者もいたが死にきれず、この収容所で四人一緒に生活をしてきたという。ただかれらに対する取り調べは、中村ほどに厳しくはなかったようだった。

中村は、ふと思いついたように、

「この建物は日本の捕虜を収容しているらしいが、ほかにだれかいるのか」

と、たずねてみた。かれは、自分たち以外に捕虜になった者がいるのではないかという危惧《きぐ》をいだいたのだ。

「だれもいない。日系の米兵が、ここにいるのはお前たちだけだと言っていた」

伊藤が、答えた。

日本軍は優勢に戦いをすすめているし、日本兵が捕虜になる状況にはない。それに、日本兵が虜囚の辱しめを甘んじて受けるはずもなかった。

日本軍の捕虜はおれたち五人だけか、とかれは思った。安堵《あんど》を感じると同時に、地の底に果てしなく沈んでゆくような淋《さび》しさも味わった。

その夜、かれは夢をみた。

かれは、故郷の暗い家の中で端坐《たんざ》していた。母も妹も親戚《しんせき》の者たちも、ＰＷという文字の記された衣服を身につけているかれの姿を無言でみつめている。かれらの眼には、蔑みと憤《いきどお》りの光がはりつめていた。その中で、母と妹が物悲しい眼をうるませていた。

重苦しい空気の中で、かれは身じろぎもせず坐《すわ》っていた。長くそして重苦しい沈黙

別の夢が訪れた。

岩手山が雪におおわれている。かれは、腰まで没する深い雪の中を泳ぐように山腹を上へ上へと匐《は》いのぼっていた。下方からサーベルを腰につけた憲兵が数十名散開しながら追ってくる。PWという文字が、鉛を背負っているように重い。

憲兵に追われて逃げているというのともちがっていた。岩手山の頂上にたどりついて、そこで自決をはかろうと思っているようでもあった。ただかれは、一刻も早く山頂にたどりつこうとあせっていた。

PWという文字が、堪えきれぬほど重くなった。背骨がきしみはじめた。なんという重さだ。かれの足は、その重さにおしひしがれて動かなくなった。

一人の憲兵が背後にせまってきている。頬骨のはった赤ら顔の大きな男だった。かれは、力をふりしぼって雪の中を進もうとした。その時、背で大きな音がした。

PWの文字の重みで背骨が折れてしまったのだ。

かれは、眼をさました。背中に妙な疼痛《とうつう》が残っていた。胸があえぎ、体中に深い疲労感がひろがっていた。

監禁室の天井の隅に小さな電球が淡くともっている。

かれは、半身を起した。全身に冷たい汗がふき出ていた。恐ろしい夢をみたと思った。

故郷の家で端坐していた光景がよみがえった。家族と親戚の者たちの眼の光。もしも捕虜になったことが故国につたえられれば、かれらは周囲からはげしい非難を浴びせかけられ、生家にも憲兵がふみこんでくるだろう。残された母と妹は、家の中にとじこめられ、その悲嘆から自らの命を絶つかも知れない。

捕虜となった四人の仲間の家族も、事情は全く同じはずであった。

中村は、自分たち五人の存在を地球上から完全に抹殺《まっさつ》しなければならぬと思った。それが家族を救う唯一《ゆいいつ》の道であり、かれらに対する責任でもあるはずだった。

鉄格子《ごうし》のはまった窓ガラスには、夜明けの気配が青ずんだ色になってひろがっている。

「おい、起きろ」

かれは、ベッドに横たわっている者たちに声をかけた。

四人の者が、すぐに眼をさました。

「お前たちにきいておくが、まさか敵に本当の姓名を口にしなかっただろうな」

中村は、かれらの顔を見つめた。

かれらは、頭をふった。

「そうか。それならよかった。姓名を口にすると、敵側がそれを故国につたえるおそれがある。もしも、おれたちが捕虜になったことが知れれば、おれたちの家族は生きてはおられまい。おれは、立花二郎という偽名を使った。これからは、本当の名を口にする時は敵のいない場所にかぎるのだ」

中村は、低い声で言った。

かれらはうなずくと、それぞれのベッドにもどった。

夜明けの気配が一層濃くなって、部屋の中にもほのかな明るみが流れこんできている。

中村は、光を失いはじめた部屋の隅の電球を沈鬱《ちんうつ》な気分でながめていた。

部屋の造りは、厳重だった。鉄製のドアには錠がかけられ、小さな窓にも太い鉄格子がはめられている。四囲は厚い壁なので、暑熱がよどみ息苦しかった。それに仮便所も室内にあるので、そのにおいも部屋の中にこもっていた。

十日ほどして、日系米兵と米兵二人が入ってきて中村たちをドアの外に引き出し、下士官のいる部屋に連れて行った。

下士官が、机の上の紙片を手にしながら口をひらいた。

「あなた方には、軽い作業をしてもらいます。収容所内の草とりとドブ掃除です。これからすぐにやって下さい」

日系米兵が、通訳した。

「断わる」

中村は、即座に答えた。

「なぜですか」

日系米兵が、たずねた。

「敵側の作業などする気はない」

中村は、大きな体をした下士官の顔に眼を据えながら言った。

日系米兵がその旨を下士官につたえると、かれの眼に憤りの光が湧《わ》いた。そして、口早に荒々しい声をあげた。

「あなた方が仕事をしたくないというのならそれでもよいです。ただしゴハンは食べさせません」

日系米兵は、言った。

「食うものか。敵のパンなぞ食いたくもない」

中村は、声をふるわせて叫んだ。

下士官が、腹立たしげにドアを指さした。

中村たちは、廊下に出ると肩をいからせて再び部屋の中に入った。

昼食はこなかったが、夕方になると食事が運びこまれた。収容所の米軍も、その職務上日本人捕虜を餓死させることはできなかったのだ。

しかし、中村たちは食事に手を出そうとはしなかった。敵に日本軍人の意志の強さをしめしてやりたかったのだ。

翌日もかれらは、空腹に堪えた。米兵は、苦笑しながら手をつけぬままの食事をさげていった。

食事を拒否してから三日目を迎えた。かれらは、口もきかずベッドに身を横たえていた。激しい空腹感がかれらの意識をいら立たせ、頭をかきむしる者もいた。そして、「敵の作業などできるか、決してやるものか」と、腹立たしげにつぶやいていた。

しかし、その夜おそく一人が堪えきれずに部屋に運びこまれていた食事に近づいた。

他の者もそれにつられて食物にかぶりつき、荒々しく顎《あご》を動かした。

かれらの眼には満足げな光と悲しげな光が、奇妙にまじり合ってうかんでいた。敵への反発が肉体的な欲望にうちかてず崩れ去ってしまったことに、悲哀を感じていたのだ。

翌朝、部屋に入ってきた米兵と日系米兵は、食器の中が空になっていることに気づいて苦笑した。かれらは、捕虜たちが屈服したことに小気味よさを感じているようだった。

「ゴハンを食べましたね」

と、日系米兵が言った。

「食うものか」

中村が答えた。

「昨日の夜私はゴハンをはこんできました。それがなくなっている。食べたのでしょう?」

「食うものか。あんなものは便所の中に投げ捨てた」

中村はどなり返した。

米兵は、笑いながら部屋を出ていった。

中村たちは、米兵が去ると物悲しげな顔を見合せた。敵に反発してみても、それには限度がある。このような状態がつづけば、いつかは敵の言う通りになりそうだった。

中村は、気力の失われてゆくのを感じた。

「もうこのままではどうにもならない。つまらないから死のうじゃないか」

かれは、言った。

他の者もうなずいて、どのように死ぬべきか話し合った。断食をするのが最も手近な方法だったが、空腹感にたえきれるかどうかは疑わしかった。使役に出るといつわって米兵の武器をうばい自決しようという者もいたが、それが成功する可能性は薄かった。

戦死していたらよかったのに……という言葉ももれた。かれらは口をつぐみ、頭を垂れた。

手賀が、沈黙をやぶった。

「どうだろう。死ぬのはいつでも出来るのだから少し考え直したら……」

「だめだよ、手賀さん。考え直すことはない。死ぬ以外に道はない」

中村は、頭をふった。

しかし、手賀の言葉に自殺を真剣に考えていたかれらの気持は崩れた。手賀は、もう少し頑張ってみようと必死に説いた。

「それに日本軍が上陸してきた時の御奉公もある。捕虜になった罪で日本軍に銃殺されるだろうが、汚名をそそぐためにも最後の御奉公をしなければならぬではないか」

手賀のその言葉で、中村たちはようやく死を思いとどまった。

かれらのただ一つの希望は、日本軍が上陸してきた折に果す任務だけだった。日本軍は、驚くほどの速さで太平洋上の島々を占領しているが、ハワイまでその触手をのばしてくるかどうかは予測もつかない。むしろかれらは、おそらく実現することはあるまいとひそかに思っていたし、もしもその上陸が実際におこなわれたとしても、それはかなり将来のことであるとも思っていた。

しかし、かれらにとって日本軍の上陸を夢みる以外に捕虜として生きる心の支えはなかったのだ。

最後の御奉公にそなえるためにはまず体力を養っておかなくてはなるまい、とかれらは口々に言い合った。それには使役にも出て太陽の下で労働にしたがい、そして食事も十分にとらねばならなかった。

相談がまとまり、かれらは、その翌日から使役に出るようになった。また鉄条網にかこまれた敷地に土俵をつくって、毎朝相撲をとった。

無聊《ぶりよう》をかこっていた隣接の囲いの中にいた日本人一世や道をへだてた区域にいるドイツ婦人たちも、鉄条網越しに中村たちの相撲を見物し、歓声をあげたり拍手をしたりする者もいた。

捕虜になってから四カ月間がすぎた。

収容所の周辺にひろがる樹葉の緑は一層その濃さを増し、真夏の太陽はまばゆい光をふりまき、時折はげしいスコールが通り過ぎた。

中村たちの肌は浅黒く日焼けし、労働と栄養価の高い食物で筋肉も逞《たくま》しく盛り上った。

秋に入ってから間もなく、収容所内に大きな変化がみられるようになった。日本人一世やドイツ人女性たちがあわただしく手荷物をまとめ、次々にトラックに乗って収容所の外に出て行きはじめたのだ。

そんなことがくり返されているうちに、一週間もたつと収容所内には人の姿もまれになった。かれらは、他の収容所に移動させられたにちがいなかった。

中村たちは落着かない日々をすごしていたが、或《あ》る日、かれらが作業をしていると、米兵をつれた米軍将校がやってきた。

中村たちは、作業の手をとめた。将校は、かれらの前に立つと、

「これからあなたたちを、他の州の収容所に移すことになりました。トラックが来たら乗って下さい」

と、妙な訛《なま》りのある日本語で言った。

「どこへでも連れて行け」

中村は、将校に荒い声をかけた。

武装した十名近い米兵がやってきて中村たちに手錠をかけ、外に待っているトラックにのせた。トラックは、無人の収容所を走り出した。

トラックは、三十分ほど走ると停止した。幌《ほろ》の中から出ると前面に海の輝きがひろがっていた。そこは大きな港で、貨物船や客船が何隻《せき》も桟橋につながれていた。

中村たちは、米兵に銃口をつきつけられて埠頭《ふとう》からタラップを上り船に乗せられ、暗い船艙《せんそう》に連れこまれた。その中央に特別に作らせたらしい大きな檻《おり》が用意されていて、かれらはその中に投げこまれた。収容所とは異《ちが》った手荒い扱いだった。

中村たちは、黙しがちだった。船でどこか遠方へ連れてゆかれるらしいが、ハワイをはなれてしまえば上陸する日本軍を迎えて最後の御奉公をすることは不可能になる。

中村は、激しい恐怖にとらえられた。捕虜になった自分たちは再び故国の土をふむことはできず、死を迎えるまで異境の地を無国籍者としてさまよい歩かねばならないらしい。

かれは、四人の同僚の姿をうかがった。かれらは、PWという文字のついた衣服を着て広い檻の中央に黙然と坐《すわ》っている。それは、人間という概念からは程遠い檻の中の動物のようにみえた。

かれの内部に、死の観念が湧いてきた。同僚とともに死ぬことはきわめてむずかしいことに気づいていたかれは、自分一人で死を受け容《い》れようと心にきめた。

檻の中から出されるのは、便所に行く時と食堂に食事をしに行く時だけで、米兵がピストルを擬してついてきた。

船内の食事は、乗船していたハワイ在住の邦人たちが料理し提供してくれる。中村は他の四人と食堂の一隅の定められた食卓で食事をしたが、邦人の口から船がアメリカのサンフランシスコにむかって出港したらしいことを知らされた。

中村たちは、顔を見合せた。船は、さらに故国から遠ざかって敵の本国に近づいている。アメリカ大陸に日本軍の上陸は望めそうもないし、自分たちはPWという文字を背負って敵国内を引きまわされることになる。

しかし、船内の邦人たちの表情は不思議と明るかった。かれらは、日本航空部隊の真珠湾攻撃を直接眼にし、新聞等で日本軍が優勢に戦いを進めていることを知っていたので、やがては戦争も日本の勝利に終ると信じこんでいるようだった。

また日系米兵が中村たちに近づいてくると、

「戦争は日本が勝つよ」

と、低い声で言ったりした。かれらは、日本が勝った折に受ける制裁をおそれて、中村たちに媚《こ》びているらしかった。

中村は、そうした明るい空気にふれてはいたが、捕虜の身であるということに気分は沈む一方だった。ＰＷという文字を背負って檻の中で老い、そして死んでゆくような心細さを感じた。

かれは、便所や食堂に行く時海に眼を向けることが多くなった。山間部で生れ育ったかれは、海にあこがれ海軍に志願し入団した。その後、駆逐艦「野風」、戦艦「山城」についで監視艇長渡丸に乗組むまでの九年間も絶えず海に接してきた。

かれは、海軍に入ってから海での死を予想し、それを本望とも思ってきた。その海が、眼前にある。

長渡丸が敵機動部隊に攻撃された時戦死することが最も望ましいことだったが、不覚にも捕えられたことは不可抗力だとも思った。

かれの頭の側部はまだはれていて、それがかたい痼《しこり》になって残っている。頭をふると疼痛が湧いてきて、その都度ゴムボートの上で米兵のふり上げたオールの黄色い色がよみがえった。

海は、故国の日本にもつながっている。もしもアメリカ大陸へ連れてゆかれれば、日本とは断ち切られた世界に身をおくことになる。かれは、海での死を考えた。

船がハワイを出航して五日目、空は晴れ海は凪《な》いでいた。

その海の輝きが、かれの決意をかためさせた。

昼食の用意ができたという鐘が鳴って、檻の外にいた米兵が鉄格子《ごうし》の戸の錠をあけた。

かれは、同僚と食堂の方へ歩きながら、

「みんな元気でやってくれ。おれはもういやになった」

と、胸の中でつぶやいた。

通路の左手に、海がひろがっていた。ピストルを手にした米兵は、甲板で遊ぶ邦人の子供たちに眼を向けながらついてくる。

今だ、とかれは思った。そして、突然走り出すと、手すりの上にとび上り、下方の海面に身をおどらせた。

なにか後方で人の叫ぶような声がしたようだったが、海面は急速に近づいて強い衝撃と同時に海水の冷たさが体を包みこんだ。

かれの体はかなり深く沈んだが、すぐに海面に浮び出た。傍《そば》を絶壁のようにそそり立った船体が滑るように通り過ぎている。船尾の大きな排水孔から、汚水が滝のように飛沫《ひまつ》を吹き散らしながら落ちていた。

船が次第に遠ざかってゆく。そのデッキに人の姿がつらなっているのがみえた。

かれは、船に手をふった。四人の同僚に一言も別れの言葉をかけず海中にとびこんだことが、背信行為をおかしたような痛みとして胸に残った。

故国にむかって泳いでゆこう、とかれは思った。どこまでゆけるかわからないが、少しでも日本に近づきたかった。十時間程度は泳げる自信はあったが、そのうちに日は没するだろう。疲れたら仰《あおむ》向いて休息し、再び西の方向に泳いでゆこう。

空に満ちるだろう星が、故国の方向を指示してくれるはずだ。星明りに明るんだ海を、力のつづくかぎり泳ぎつづけよう。やがて体力はつき、意識もうすれるにちがいない。その時に死の安らぎが訪れるのだ。

自分の体は海中に沈み、色鮮やかな小魚が群れて自分の肉をついばむだろう。骨が所々に露出し、一カ月もたたぬ間に完全な白骨となるにちがいない。それは、海底に沈んだ白い墓標のように、故国にむかってそのうつろな眼窩《がんか》を向けつづけるのだ。

かれは、船の消えかけた航跡をもどるように泳ぎはじめた。背の文字が意識された。自分の周囲に檻の鉄格子はない。自分をつつみこんでいるのは海水だけで、海中にとびこんだ瞬間から捕虜としての境遇から解き放されている。

偽名の立花二郎としてではなく海軍一等水兵中村末吉として死にたかった。かれは、立泳ぎをしながらＰＷと書かれた上衣《うわぎ》をぬぎ捨てた。

思いがけぬ解放感が、かれの体の中にひろがった。夢でみたように、やはりあの文字は鉛のように重く背にのしかかっていたのだと思った。

かれは、ゆったりした気分で泳ぎはじめた。故国へ帰ろう、日本へ帰ろうと、かれはしきりに自分に言いきかせていた。

ふと、かれは不吉な予感におそわれて後を振返ってみた。かれは、顔をしかめた。迷彩をほどこした敵の駆逐艦が二隻、白波を立てながら前後して近づいてくる。

かれは腹立たしさを感じた。アメリカ海軍側の訊問《じんもん》はハワイの軍法会議ですでに終っているし、かれらには自分の利用価値はなくなっているはずだった。自分は死を覚悟して海中に身を投じたのに、なぜかれらは追ってくるのか。

もしかすると、かれらは逃亡した自分を射殺しようとしているのかも知れない。

駆逐艦が大きく回頭すると、中村の泳ぐ海面をはさむように接近し動きをとめた。

中村は、かれらが射撃を開始するにちがいないと思い、両側に停止した駆逐艦上の動きをうかがった。

しかし、その予想はあやまっていた。かれの眼に、駆逐艦からボートが降ろされるのがとらえられたのだ。

かれは、愕然《がくぜん》とした。かれらは、自分をボートに引き上げ艦に収容しようとしているらしい。PWという文字が、おびやかすようによみがえった。ようやく捕虜の汚名からのがれ出たのに、かれらは再び自分に囚人服を着せようとしている。

かれは、急いで死を迎えねばならぬことに気づいた。オールで殴られれば意識を失い、敵にとらえられてしまう。死の方法は、溺死《できし》以外になかった。

かれは、手足の動きをとめると不動の姿勢をとった。体が海中に沈んでゆく。海水の明るさが徐々に失われ、胸のしめつけられるような息苦しさがつのった。が、この苦しみにたえられなければ死を迎え入れることはできない。かれは、必死にその苦しみに堪えた。

意識がかすんできた。水も飲んだようだった。が、うすれた頭の中で、手足が意志に反して動き、体が浮上してゆくのを感じた。

顔が水面から出ると、かれはあえぐように空気を吸いそして吐いた。空の青さがにじんでみえた。

ボートが、意外な近さに接近していた。

かれは、勢いよく泳ぎ出した。ボートのオールが恐ろしかった。その打撃にあえば、また意識を喪失し捕えられてしまう。少しでも遠くはなれて身を沈めれば、今度こそは死ねるにちがいないと思った。

その時、自分の顔のまわりに水しぶきがあがって突然首に激しい圧迫感がおそうのを意識した。かれは、ボート上の米兵が投げたロープに首がしめつけられているのに気づいた。

狼狽《ろうばい》したかれは、首にまきついたロープをとこうとしたが、ロープはさらにかたくしめつけてきて、体が仰向けに後方へ引かれてゆく。声も出ず、呼吸もとまった。そして、眼の上にロープをたぐる白人兵の顔がせまった。

自分の腕に米兵の手がかかり、首をしめつけられたままボートの上にひき上げられた。意識がかすみ、腕と足首に手錠のかけられる気配をかすかにかぎとった。

かれは眼を閉じたが、その闇《やみ》の中に再びＰＷという文字が燐光《りんこう》を放つように青白く浮び上った。

眼をさましたかれは、周囲に鉄格子をみた。かれの体は、ベッドに横たえられていた。

また檻の中に入れられたのかと思うと、捕虜になってから初めての涙があふれ出た。海の中で泳ぎはじめた折の快い気分が、なつかしいもののように思い起された。故国にむかって泳いでいるという喜びにひたりながら、自由に手足を動かしていた自分が再び鉄格子の中に投げこまれていることに苛立《いらだ》ちを感じた。

船の動揺は商船のそれとは異なっていて、かれは自分が駆逐艦に収容されていることに気づいた。

檻の外には、長い足を持て余したような米兵が小さな丸椅子《いす》に腰を下ろしている。そして、中村の凝視に気づくと立ち上って部屋の外に出て行った。

かれは、ベッドの上で上半身を起した。首のまわりが刺すように痛む。首に手をふれると、いつの間にか包帯が巻かれていた。

ドアがひらいて、太った士官が米兵とともに入ってきた。かれは、中村におだやかな眼をむけると、

「私は、艦長です。日本にも長くいたことがあります」

と、流暢《りゅうちょう》な日本語で言った。

中村は、黙ってベッドの枕に眼を落した。

「あなたは、船から海にとびこんで死のうとしました。なぜ死のうとしたのですか。あなたは、勇敢にたたかって捕虜になりました。あなたの国では不名誉なことかも知れませんが、アメリカでは名誉に思います。なぜ死のうとするのですか」

艦長は、さとすように言った。

中村は、しばらく口をつぐんでいたが、

「アメリカなどに行くのがいやだからだ。おれは任務を全うした。生きている必要はない。おめおめと生きて敵国に連れて行かれるのはどうしてもいやなのだ。殺せ、早く殺せ」

と、言った。口を動かすと、首の痛みが増した。

「それはまちがっています。日本人は、すぐに死にたがります。あなたは若いのだから、まだ多くの仕事をしなければなりません。死ぬことなど考えず、生きることを考えなさい」

艦長は、ゆっくりとした口調で言った。

中村は返事もせず、艦長が去ってからも放心したように坐りつづけていた。かれが自殺を企てたということは、監視にあたる米兵たちも知っているらしく、中村の視線

と合うと肩をすくめたり、眼を大きくひらいたりして微笑を投げかけてくる。そして、中村にもわかるようなゆっくりした英語で、

「日本の兵士は強い。非常に強いよ」

などと言ったりした。

見知らぬ士官や水兵も物珍しげに顔を出した。かれらは、例外なく微笑を顔にうかべて中村に英語でなにか言う。よくはわからなかったが、かれらが自分を慰めていることは理解できた。

そのうちに、ハーモニカやギターを持ち込んでくる水兵もいて、哀愁を帯びた曲や賑《にぎ》やかな曲をかなでたりした。また士官のいない時を見はからって煙草《たばこ》に火をつけてさし出す者もいた。そして、中村が吸殻を檻《おり》の外に捨てると、すぐに拾ってポケットにかくしたりした。

中村は、かれらの善良さを無邪気なものだと思ったが、その親切な行為に心のしこりも徐々にとけてゆくのを感じていた。

三日目の朝、艦の動きがゆるやかになり、どこかの港に入港した気配がかぎとれた。かれは、艦がアメリカ大陸についたのかも知れぬと思った。

しばらくすると、機関も停止した。中村は、米兵に、

「ここはどこだ」

と、英語できいた。

米兵がなにか言ったが、その中にサンフランシスコという言葉が挿入《そうにゅう》されていた。

中村は頭をかかえた。

一時間ほどたってから時折巡視にくる鼻梁《びりょう》のひどく尖《とが》った士官が入ってくると、険しい表情で監視兵に檻の扉をあけるように命じた。米兵がピストルを擬して中村を檻の外に出し、その手首に手錠をかけた。

中村は、両腕を米兵にとられて部屋を出ると階段を上り甲板に出た。三日ぶりに見る太陽に、かれは眼をしばたたいた。

眼前に大きな埠頭《ふとう》がみえ、その背後に果てしなくひろがる陸地がみえた。アメリカへ来てしまったという感慨が、かれの全身を刺し貫いた。

タラップを下りると、埠頭で作業をしている白人や黒人が好奇の眼を一斉に向けてきた。かれは、それらの視線に負けてなるものかと低い体の背筋を思いきりのばしてかれらの間を歩いていった。

「ジャップ、ジャップ」

という声が、周囲から浴びせかけられた。

中村は、ジャップという言葉が蔑称《べっしょう》であることを聞き知っていたので、

「うるさい。きさまらこそ毛唐だ、毛唐、毛唐」

と、米兵に腕をとられながらかれらにむかって叫んだ。

埠頭のはずれにジープが二台とまっていた。

米兵は、中村を後部座席に押しこむと、手錠の端をジープの鉄棒に連結した。

ジープが走り出した。その時、かれは、ふと異様な感慨にとらえられた。それは、太平洋上で初めて林立する敵艦のマストを眼にした時の胸にきざしたものと全く同質のものだった。

アメリカは敵国だが、それは知識として認識しているだけの現実感の淡いものにすぎなかった。しかし、敵機動部隊のマストの影を双眼鏡のレンズの中でとらえた時、かれは、奇妙なことだが敵が実在のものであったことに初めて気づいた。日本人を殺《さつ》戮《りく》する目的をもって行動している敵をそこにみたのだ。

その折の不可思議な驚きに似た感慨が、ジープにゆられているかれの胸にも湧《わ》いていた。自分の乗るジープは、敵国であるアメリカの領土の上を走っている。地図でみたアメリカは現実に存在し、そしてその陸地に住む人間たちは、日本人を敵として戦っている。その敵国の土地に、自分が捕虜としてジープに乗せられていることが信じ

られないような気がした。

かれは、アメリカがそれほど日本から遠くはなれた国ではないように感じた。強大な戦力をもつ日本海軍がアメリカに到達するのはそれほど至難のことではなく、陸軍部隊が上陸作戦を展開する可能性も残されているように思った。

かれの胸に、わずかな明るみが宿った。もしも日本軍が上陸に成功すれば、自分も敵地にあって友軍に協力する行動をとることができる。最後の御奉公という言葉が、再びよみがえった。

もう少しの間生きてみようか、とかれは車体の震動に身をゆらせながらつぶやいた。明るい水の輝きが、前方に近づいてきた。それは広い入江のようにもみえたし、湖のようにも思えた。

ジープが、舟つき場についた。そこには後部の開いた妙な船が繋留《けいりゅう》されていて、ジープは、その後部から直接船の中へすべりこんで行った。

フェリーボートを初めて眼にしたかれは、その船の構造に感嘆し、そしてかれらがそのような船をもっていることにいまいましさを感じた。が、かれの顔には、すぐに明るい表情がうかんだ。かれは、釧路基地に赴任する時乗船した青函《せいかん》連絡船を思い起した。――日本の船は列車をそのままのみこんでしまうのだ。船も比較にならぬほど大きいし、しかも津軽海峡を渡るのだ。

かれは、蔑《さげす》んだ眼でフェリーボートを見まわした。

船が動き出した。遠い岸は緑でふちどられ、赤い屋根の人家が点々と散っている。それは、瀬戸内海を連想させるような景色で、かれはアメリカにも美しい風光があることを知った。

一時間ほどして、前方に大きな島が近づいてきた。かれは、あの島に獄舎があってそこに幽閉されるにちがいないと想像した。

船が波止場につき、ジープが岸に上ると、米兵が黒い布でかれの眼をおおった。ハワイでもそのような処置をとられたことがなかったかれは、この島が要塞《ようさい》地帯にでもなっているのだろうと思った。

道は舗装されているらしく、車は震動もせずタイヤの音を鳴らしてかなりのスピードで走っている。そして、しばらくして右に大きくカーブをきると、車はとまった。

かれは、両腕を米兵につかまれて車からおろされた。そこは、なにか門の入口らしく訊問する男の声がし、肩を押されて歩き出すと、後方で錠のしまる音が鋭くひびいた。

ふとかれは、自分の足をふみ入れた場所が刑場で米兵に射殺されるような予感におそわれた。すでにハワイで軍事裁判も終り、自分にはなんの価値もなくなっている。アメリカ人は残忍な国民性をもち殺戮も平然とおこなうことを耳にしていたかれは、自分の生命もここで断たれるにちがいないと覚悟した。

その時、かれの耳に思いがけぬ叫び声がきこえた。それは数十メートル前方から発せられたあきらかな日本語で、

「信号長」

という叫び声だった。

かれは、足をとめた。商船内で別れた四人の戦友のことが思い起された。

かれらだ、と中村はその声の方向に顔を向けた。

黒い布がとかれた。眼の前に、古びた洋館が立ち、二階の鉄格子《ごうし》のついた窓の中に四人の男が寄りかたまってしきりに手をふっているのがみえる。

中村は、

「おーい」

と叫び、手をふってこたえた。

米兵がかれを建物の中に導き入れ二階に上ると、鉄製のドアを開けてくれた。かれの体に、男たちが抱きついてきた。

かれらは、声をあげて泣いた。

「みんな信号長が死んだと思っていた。飯も食べずに冥福《めいふく》を祈っていた」

かれらは、口々に言った。

中村は、問われるままに海中に飛び込んでからのことを話した。そして、日本にむかって力のかぎり泳いでゆこうと思ったことを口にすると、かれらの顔に切なそうな表情がうかび、一人が、

「日本に帰りたいなあ。霊魂になってもいいから帰りたい」

と、息をつくように言った。

かれらは、商船でサンフランシスコにつくと一部の抑留邦人とこの建物に運びこまれた。かれらの説明によると、この洋館は日本人移民がブラジルへ向う折に防疫《ぼうえき》検査や健康状態をしらべる移民館で、内部には畳敷きの部屋などもあるという。

中村の自殺しようとする気持は、かれらに会ったことで薄らいだ。どのような運命が前途に待ちかまえているかわからなかったが、かれらと身を寄せ合って生きてみようと胸の中でつぶやいた。

建物の中には、雑然とした賑《にぎわ》いが夜おそくまであふれていた。壁に耳をあてると日本語らしい声もきこえてきて、邦人が雑居している気配がかぎとれた。かれは、なん

となく日本にいるような錯覚にとらわれた。

その夜、かれは戦友たちにまじって久しぶりに安らいだ気分で眠りにつくことができた。

翌日は、朝起きると窓の外に雨が降っていた。

ハワイのスコールとは異《ちが》って、雨は細かい雨脚をみせて建物をつつみこんでいる。それは、日本で降る雨と同質のもので、かれは、鉄格子のはまった窓から思いきり手をのばして雨脚を掌《てのひら》にうけた。

その日、午食を終えて間もなく、鉄製のドアがひらいた。中村たちは、小柄な男が棍棒《こんぼう》をもった米兵に肩を荒々しく押されるようにして部屋に入ってくるのをみた。

中村たちは、部屋の入口にたたずむ二十二、三歳の男の姿を呆気《あっけ》にとられて見つめた。それは、浅黒い顔をした日本人だった。しかも、その眼には、日本軍人のもつ鋭い光がうかんでいた。

男は、中村たちの視線を浴びながら、

「監視艇隊員だそうですね」

と、言った。

中村は、なんとなくその男が海軍士官にちがいないように思え、

「ハイ」

と、姿勢を正して答えた。

男は、歩み寄ると、

「私は、真珠湾攻撃の特殊潜航艇員です。艇が破壊されて失神し漂流しているところを捕えられました。海軍少尉《しょうい》のサカマキカズオという者です」

と、低い声で言った。

中村は、不動の姿勢をとりながらも男の顔に眼を据えた。

かれの胸に、突然新聞の記事がよみがえった。その一つは、開戦日の十二月八日真珠湾攻撃をつたえる大本営発表中の「我方未《いま》だ帰還せざる特殊潜航艇五隻《せき》」という一文であった。

また五カ月ほど前の三月上旬には新聞の第一面に九軍神の記事が大きく掲載されていた。それは、特殊潜航艇五隻に乗組んで真珠湾内に突入し戦死した特別攻撃隊員の功をたたえたもので、「日本海軍勇士の忠烈」「武勲天聴に達す」「誉《ほまれ》の二階級特進」などの見出しとともに連合艦隊司令長官山本五十六《いそろく》海軍大将の感状授与も発表されていた。

そして、軍神として岩佐直治海軍大尉をはじめ九名の艇員の氏名とその遺影が紙面の半ば近くを埋めていた。

かれは、眼前の若い士官を前に九軍神の九という数字のもつ意味をさとった。たしか特殊潜航艇は二名の艇員によって操縦されたということを新聞紙上で知ったが、艇が五隻であれば、当然艇員は十名のはずだった。

大本営海軍部が九軍神として発表したことは、艇員の一名が捕虜になったことを確認した結果にちがいない。そして、その捕虜になった艇員が、自分の眼前に立っていることに、中村は唖然《あぜん》とした。

中村たちは、虚脱したように言葉を発することもできなかった。かれらは、自分たち五名だけが捕虜となっていると思いこんでいたが、自分たち以外に一人の士官がすでに捕われの身となっている。中村は、もしかすると他《ほか》にも多くの者が捕虜としての生活を送っているのかも知れぬと思った。

「おたずねいたしますが、私たち以外にも捕虜となっている者がいるのでしょうか」

中村は、かすれた声でたずねた。

サカマキと名乗る士官は頭をふると、

「私もその点が気がかりだったが、私以外にはあなた方五名が捕虜となっているだけだときいている」

と、暗い眼をして言った。

中村は、その士官の顔に深い窶《やつ》れの色がにじみ出ているのに気づいた。おそらくその士官は、真珠湾内のアメリカ艦隊主力に大打撃をあたえた攻撃隊の一士官として、想像を絶した苛酷《かこく》な詰問をあびせかけられてきたにちがいない。年齢は若そうだったが、その顔はひどく老《ふ》けこんでみえた。

その士官は、軍の機密を守るためにアメリカ側の追及をたくみにそらせてきたのだろう。中村は、その士官のうけた受難の大きさを思った。そして、この若い士官が、捕えられてから生きつづけてきた月日は、想像もつかぬ苦悩にみちたものだろうと思った。

士官は、それきり口をつぐんだ。なにか考えているようでもあるし、放心した時間をすごしているようにもみえた。

ドアの錠がひらかれ、米兵が、

「ヘーイ」

と、親指で士官を招いた。

男は、

「これからどんな運命が待ちかまえているかわからぬが、体を大事にして頑張りましよう」

と、丁重な口調で言うとドアの外に出ていった。

中村たちは、顔を見合せた。あの若い士官は、また一人で敵の詰問を受けながら生きてゆかねばならないのだろう。かれもハワイからアメリカ大陸へ移送されたのだろうが、どこへ連れてゆかれるのか、中村たちはサカマキと名乗る少尉の行末を思い暗《あん》澹《たん》とした気分になった。

だれの口からともなく九軍神のことが話題になったが、そのうちにかれらの顔からは血の色がひいた。

大本営海軍部が、十名の特殊潜航艇員のうちサカマキ少尉一人を除外して九軍神と発表したことは、アメリカ側がサカマキ少尉を捕虜としたことを公《おおやけ》にし、それを日本側が知ったためと推定される。それと同じように、監視艇長渡丸の乗員五名を捕虜としたこともアメリカ軍は公表しているかも知れなかった。

中村たち五名は一人残らず偽名を使っているが、長渡丸乗組員中の五名が捕虜となっていることはすでに日本海軍も知っているにちがいない。

かれは、立花二郎とつぶやいてみた。中村末吉はすでに死に、立花二郎という実体のない肉体が生きているだけなのだ、とかれは自分に言いきかせるようにつぶやいた。

四

移民館に収容されてから三日目に、かれは再びPWという文字の記された衣服を着させられた。そして、その日仲間とともに移民館を出発した。

中村たちは、手錠をはめさせられトラックに乗せられた。目かくしはされなかったが、ピストルを手にした米兵が荷台に五名乗りこんできた。

トラックはかなりの速さで走り、海岸の波止場に到着した。そこには百トンほどの白い船が待っていて、かれらは米兵に腕をとられ乗船した。そして、手錠を船のポールにつながれ、その周囲を米兵にとりかこまれた。

中村は、かれらが自分たちの投身自殺を警戒しているのだろうと思った。かれらには、捕虜になった日本人が自ら命を断とうとする心理が理解できないらしい。かれらは、捕虜になることを名誉と考え、むしろ誇る風習があるという。

中村から考えれば、捕虜がなぜ名誉なのかかれらの考え方が納得できなかった。捕虜になった瞬間からその将兵の戦闘行動は完全に停止し、軍人として生存する意味はないとかれは思うのだ。

四人の仲間たちは、黙って船の小刻みな震動に身をゆらせながら遠くつらなる海岸線に眼を向けている。

日本軍捕虜は、このアメリカ大陸にサカマキ少尉をふくめて六名しかいない。四名の仲間をそのようなみじめな境遇におとし入れたのは、空母のスクリューに突っこむことを命令した自分の責任にちがいなかった。

かれらは、捕虜になってからも「信号長、信号長」と言って長渡丸に乗組んでいた時と同じように自分を遇してくれている。しかし、かれらに戦死の機会をあたえそこなった自分は、先任者としての資格はないはずだった。

しばらくすると、前方に朱色の線状のものがみえてきた。それは、広い水路にかかった長大な橋で、空から吊《つ》り下げられているような構造にみえた。

「サンフランシスコの金門橋だ」

と、かれは写真でみた金門橋のことを思い出しながら他の四人に言った。

船は、橋の方向にエンジンの音をとどろかせて進んでゆく。そして、船が接近してゆくにつれて、橋は左右両側に長々と伸び、天にかかった虹《にじ》のように高々とせり上った。

船が、橋の真下にかかった。威圧されるような長く、そして高い橋だった。橋の上を自動車がさまざまな色彩にいろどられた小さな昆虫《こんちゅう》のように往《い》き交っている。それは、ひどく悠長な光景にみえた。

故国の町ではどこを歩いてみても、人の眼には鋭い光がうかび緊張感がはりつめている。故国は完全に戦時態勢下にあって、路上を走る車も軍用車か物資をあわただしくはこぶ車にかぎられている。それにくらべて橋上の車の動きには戦争の緊迫した気配は感じられない。

かれは、橋上をつらなって動く車の姿を見上げながら、こんなのんきな国に負けてたまるか、と思った。

船が波止場につくと、待っていた幌《ほろ》つきのトラックに乗せられた。荷台には小さな窓があったが、米兵は窓外をみることをさまたげるように、窓に大きな体を押しつけて坐《すわ》っていた。

トラックが、駅に到着した。中村たちは、駅のはずれにある柵《さく》の戸からプラットフォームにひき入れられた。そして、そこに停車している列車の最後尾の客車に押しこまれた。

日本の列車よりも、幅が広かった。その一輛《りょう》は、中村たち五人の捕虜を護送するため借切られていて、出入口のドアには錠がかけられ、窓は一つ残らずカーテンが下ろされていた。

車輛の中央部に中村たちが寄りかたまって坐ると、その前後に日系米兵をふくむ護送兵が五人、監視に便利な位置をえらんで腰を下ろした。かれらは、自動小銃を手にし、腰にはピストルを吊っていた。

列車が、動き出した。

中村は、海からさらにはなれてアメリカ大陸の奥地に連れ去られることに心細さを感じた。海をみている間は、その延長上に日本があるという意識に気分も安らいだが、その海とも確実にひき裂かれてゆく。

アメリカ軍は、日本軍が上陸してきた折に中村たちが収容所を脱走して日本軍の戦闘に参加することを恐れ、大陸の奥に連れこんでゆくのだろうと思った。

列車の旅がはじまった。

夜になると、かれらは客席に身を横たえ毛布にくるまった。列車は、時折駅にとまり、警笛を鳴らして動き出す。人声やアナウンスの入りまじった大きな駅らしい所にとまることもあれば、森閑とした場所に停止することもある。

窓のカーテンのすき間から外をのぞこうとすると、米兵が自動小銃を手に足早に近

づき、

「ノー、ノー」

と、荒々しい声をあげ、銃口を胸に押しつけた。

車内燈《とう》がともり、そして朝がやってくることがくり返された。

二日たち三日たっても、米兵たちは中村たちを下車させようとする素振りもみせない。

「どこまで連れてゆくつもりだ」

中村たちは、苛立《いらだ》って日系米兵にきいた。

かれは、他の米兵たちを気づかってか返事もせずに遠くの座席に行ってしまった。

が、三日目にかれは他の米兵たちにきこえぬような低い声で、

「ニューメキシコのローズバーグ」

と、言った。

「メキシコに連れて行くのか?」

「そうではありません。メキシコの隣ではあるが、アメリカのニューメキシコ州です」

日系米兵は、それだけ言うと匆々《そうそう》にはなれて行った。

アメリカの地図を思い出してみると、列車は南下していることになるが、車内の気温は徐々に低下している。

中村たちは、日系米兵の言葉が信じられなかった。逆に列車は北上していて、アラスカ方面にでもむかっているのではないかと思った。

客席に坐りつづけているため腰が痛み背筋がしこった。かれらは、靴をぬいで座席にあぐらをかいたり、身を横たえたりしていた。

列車は、山岳地帯に入ったらしく喘《あえ》ぐように進み、しばしば谷にかけられているらしい鉄橋を渡った。気温はさらに低下し、車内にスチームの温かい空気が流れるようになった。

中村は、アメリカ大陸の広大さをあらためて意識した。世界地図から判断してみても、アメリカ大陸の中ではサンフランシスコとメキシコ国境までの距離は、むしろ短い。それなのに、五日も経過しているというのに目的地のニューメキシコ州には到達しない。

かれは、日系米兵がまちがいなく事実と異なることを口にしたのだと思いこんだ。

長い列車の旅で、いつの間にか米兵たちの態度もやわらぎ、トランプを貸してくれたり、煙草《たばこ》を規定本数以上に分けてくれたりするようになった。

中村たちは、煙草を賭《か》けてトランプでオイチョカブをして無聊《ぶりょう》をまぎらせたが、そのうちに米兵も遊びに加わってきた。かれらは、自動小銃の弾丸をぬいてポケットに入れ、日系米兵の通訳をたよりに真剣な眼をしてトランプを扱った。

サンフランシスコを出発してから七日目、ようやく列車が停り、中村たちは米兵に銃をつきつけられて下車した。そこは本線からはずれた引込み線らしく、荒涼とした土地に青く塗装された板づくりの兵舎のようなものが、鉄条網のかこいの中に並んでいた。

「雪だ」

伊藤が叫んだ。

中村たちは、霏々《ひひ》と舞う雪に立ちすくんだ。

故国を出てからはじめて眼にする雪だった。中村は、雪に埋もれた故郷の町——沼宮内とその背後にそびえる岩手山の山容を思い起した。

収容所は、かなり規模の大きいものだった。鉄条網のかこいの四隅には、機銃を据えつけた櫓《やぐら》状の監視所が立ち、内部には二十棟ほどの建物がならんでいる。

中村たちは、手錠をはめられたまま内部にひき入れられると、建物の一つに送りこまれた。

かれらは、その建物の中に一人の男がいるのを見た。それは、サンフランシスコの移民館で会ったサカマキという少尉《しょうい》だった。

中村たちは、サカマキ少尉との再会を喜んだ。サカマキ少尉の言によると、ここは日系米兵の口にしたようにニューメキシコ州ローズバーグの捕虜収容所で、別の建物にドイツ兵俘虜《ふりょ》約百名が収容されているという。

「ここまで来たら仕方がない。生きられるだけ生きてみましょう」

サカマキ少尉の言葉に、中村たちは深くうなずいた。

サカマキ少尉は口数も少なく、一人で眼を閉じていることが多かった。中村は、生きようと言ったサカマキ少尉の顔に、死の翳《かげ》が濃くしみついているのを意識した。中村は、サカマキ少尉が自殺するのではないかと危ぶんだ。

収容所内には、俘虜用の卓球台やソフトボールの道具などがおかれていた。

中村たちは、自棄《やけ》気味に卓球をやったり、相撲をとったりしていた。少しはなれた建物には、中村たちと同じようにPWという文字の記された衣服を身にまとうドイツ将兵の捕虜たちがいた。かれらは、中村たちの姿を認めると指で円をつくり、好意にみちた微笑をむけてきていた。

やがて、中村たちはかれらと一緒になって雪におおわれた空地でソフトボールをするようになった。中村は、サカマキ少尉も誘ってバットをふりボールを投げ、走った。中村は、少年時代雪の校庭で友だちと遊びまわったことを思い起した。サカマキ少尉も戦友たちも走り、かなり年輩のドイツ兵も走っている。その姿がかれには物悲しいものに感じられた。

六名だけの生活がつづいた。かれらは、時折雪の舞う窓外を黙って見つめていた。ローズバーグ収容所に来てから一カ月ほどした頃、中村たちは、多数の米兵にかこまれて入室してきた人々の姿に愕然《がくぜん》とした。ドアから入ってくる人の数は多かった。かれらは、中村たちと同じようにPWの捕虜服を着、ドアがしめられると入口の近くに無言で寄りかたまった。

中村たちは、かれらと向い合っていた。かれらは、床に眼を落したり、天井を見上げたりしている。かれらの顔には、すでに六名の日本人捕虜がいることに対する驚きと、同じ境遇にいる者を眼にする気まずさが異様なこわばりになってあらわれていた。中村は、五十名近い捕虜を前に激しい羞恥《しゅうち》を感じていた。それほど多くの者たちが捕虜になった事情がかれには理解できかねた。

体格の逞《たくま》しい四十歳ぐらいの男が、その群れの中から前に出てくると、海軍中佐だと名乗った。そして、中村たちに、

「どこでつかまったか」

と、たずねた。

中村が監視艇に乗組み敵機動部隊を発見後捕虜になったいきさつを口にすると、黙ったままうなずいた。そして、サカマキ少尉に同じ質問を発し、少尉が特殊潜航艇員として真珠湾で捕えられたと答えると、その顔に驚きの色がうかんだが、

「そうか」

と、言ったきりだった。

中村たちは、戦況が知りたかった。そして、かれらに近づいて声をかけたが、かれらは沈鬱《ちんうつ》な眼をあげただけでだれも質問に答えてはくれなかった。

入室してきた者は四十六名で、負傷していた者もかなりまじっていた。そのうちにかれらは、捕虜になった経過を言葉少なく話しはじめた。

中村は、かれらの口から初めてミッドウエイ海戦という言葉を耳にした。その海戦は、日本側にとって決して好ましいものではなかったらしく、空母「飛竜」も撃沈され、機関長相宗中佐、カジシマ大尉以下乗組員二十二名が、捕虜になったという。かれらは、退艦後毛布で帆をはり筏《いかだ》をくんで漂流したが、六名が死亡し餓死寸前にアメリカ側に収容されたという。

そのほか同海戦で撃沈された駆逐艦の乗組員十六名、潜水艦、監視艇乗組員それぞれ四名が、ハワイ、サンフランシスコをへてローズバーグ収容所に送られてきたのである。

中村たちの最大の関心事は、第二十三日東丸についで自分たちの乗組んでいた長渡丸が発見した敵大機動部隊の作戦結果だった。

中村たちが機動部隊に収容されてハワイへ移送された事情から考えて、敵は監視艇に発見されたため作戦を断念して引き返したのだろうと信じていた。それが、中村たちの唯一《ゆいいつ》の心の支えとなっていた。自分たちに課せられた任務は、それだけでも十分に果すことができたのだと思っていた。

しかし、カジシマ大尉の説明は、中村たちの期待を裏切るものだった。

敵機動部隊から発艦した中型爆撃機十数機は、東京をはじめ名古屋、神戸方面に来襲、投弾後中国大陸に避退し、搭乗員《とうじょういん》十名近くが捕えられたという。

さらに、カジシマ大尉らの参加したミッドウエイ海戦も、敵機による東京初空襲と密接な関係のあることも、中村たちは知った。

東京を空襲された日本海軍は、その哨戒《しょうかい》線をさらにミッドウエイとアリューシャンを結ぶ線まで進出させるため、両方面への攻略作戦を開始した。そして、主力艦隊をミッドウエイ海域に進めたが、敵陸上基地から発進した航空部隊の迎撃によって甚大な損害を受け作戦を中止したのだという。

中村たちは、虚脱したように口をつぐんでいた。自分たちは任務を全うしたと思いこんでいたのだが、その結果はむなしいものに終っている。

「任務に忠実に敵発見を報じたのだから、その結果がどうあろうとそれでいいではないか。お前たちの使命は終っている。戦争とはそういうものだ」

カジシマ大尉は、落胆した中村たちを慰めるように言った。

昭和十八年が明けた。

雪は連日のように降ったが、四月に入ると早い速度で雪どけがはじまり、露出した地表からは緑の芽がふき出た。

戦況は全く不明で、かれらは不安そうな眼で互いに戦争の予想を話し合っていた。

中村たちが捕えられてから、一カ年が過ぎた。

かれらは、「飛竜」機関長相宗中佐を指揮者に収容所内の軽作業に従事していた。

中村たちは収容所生活を送りながらも日本人捕虜が姿をあらわすのではないかとおそれていた。戦況は日本側に有利に展開していても、広大な戦域で日本軍将兵が捕えられることは十分考えられるし、むしろその数の少ないことが不自然ですらあった。

それに比べてドイツ軍捕虜の数は増す一方で、多くの建物がつぎつぎにかれらの収容にあてられふくれ上っていった。

六月上旬、中村たちの危惧《きぐ》は的中して、二十六名の陸軍兵士たちが収容所に送られてきた。

かれらの姿はみじめだった。

かれらはひどく痩《や》せこけていて、二十六名中十名がかなりの重傷を負っていた。秋田県出身の伊藤という兵長は、片足を負傷してアメリカ船の中で切断手術を受けたため松葉杖《づえ》をつき、そのほかに腕のない者も三名いた。

かれらは、アッツ島玉砕の生存者だった。

アッツ島守備隊二千数百名は、五月十二日優勢な火力によって武装された約二万の敵の来攻をうけ、二十日近くにわたって激闘をつづけた。孤島での抵抗にも限界があり、やがて守備隊は島の東北角の狭い部分に圧縮された。

それでも日本軍守備隊ははげしい抵抗をつづけ、遂に残存兵力は百五十名のみになった。

守備隊長山崎保代陸軍大佐は、五月二十九日、最後の時がきたことをさとり、

「地区隊ハ二十九日、残存全兵力一丸トナリ、敵集団地点ニ向イ最後ノ突撃ヲ敢行シ、

之《これ》ヲ殲滅《せんめつ》、皇軍ノ真価ヲ発揮セントス。

傷病者ハ、最後ノ覚悟ヲ極《き》メ処置ス。非戦闘員ハ、攻撃隊ト共ニ突進シ、生キテ捕虜ノ辱《はずか》シメヲ受ケザルヨウ覚悟セシメタリ」

という訣別文《けつべつぶん》を打電し、アッツ島守備隊は全滅したのである。

二十六名の捕虜は、キムラという曹長を指揮者に移送されてきたのだが、かれらの姿には激闘の痕《あと》が生々しく感じられ、その眼には戦死することのできなかった悔恨のようなものが暗く光っていた。

或《あ》る兵は、顎《あご》がなくそこに皮膚の色も異なった妙に柔らかそうな肉が縫いつけられていた。

「おれは、敵にかこまれたので手榴弾《しゅりゅうだん》を発火させて自決をはかった。しかし、顎がふきとばされただけで死にきれなかった。とれた顎の部分に敵の軍医が太腿《ふともも》の肉を切って縫いつけたのだ」

その兵は、縫いつけられた肉をゆらせながら不鮮明な言葉で言った。

中村たちは、アッツの玉砕が戦況の不利をしめす証拠ではないかと顔色を変えた。

そして、かれらに、

「戦局はどうなっている。日本軍はどんな状態だ」

と、かれらの顔を見つめた。

「勝つよ。日本は必ず勝つよ」

かれらは、鋭い光を眼に凝集させて断言するように言った。


六月下旬、中村たち日本人捕虜全員は、再び列車にのせられてアメリカ西部ウィスコンシン州のマッコイに移送された。海軍軍人五十二名、陸軍軍人二十六名、計七十八名であった。

収容所は、砂漠のような場所に建てられ、遠く山脈がみえた。かれらは、二列縦隊になって収容所に近づいた。

ふと中村は、収容所をとりかこむ鉄条網の中から多くの日本人たちが自分たちを見守っていることに気づいた。かれらは、アメリカ国内で抑留された日本人らしく、女も子供も老人もいる。

中村は、かれらの自分たちに対する態度に不安を感じた。かれらは、捕虜になって生きつづけている自分たちに激しい蔑《さげす》みをぶつけてくるにちがいない。そうした思いは他の者たちにも共通したものらしく、かれらはおびえたように顔を伏して収容所の門をくぐった。

その時、突然、

「バンザイ」

という老人らしい男の声が起ると同時に、両側に歩み寄ってきていた邦人たちのバンザイを唱和する声がふき上った。

中村は、顔をあげた。邦人たちが両手をあげ、子供たちもバンザイ、バンザイと叫んでいる。

中村の胸に熱いものがつき上げた。恥ずかしくもあったが、嬉《うれ》しくもあった。自分たちが捕われたのは不可抗力であり、その後の苦悩も邦人たちは温かく理解してくれている。松葉杖をつき、腕のない兵たちの姿に、かれらは必死に戦って捕われた人間をみたにちがいなかった。

その収容所は、中村たち日本人将兵捕虜と抑留邦人のみが収容されていて、ドイツ兵、イタリア兵などの姿はなかった。

その日建物の外に整列すると、長身の米軍将校が中村たちの前に立ち、その言葉を日系米兵が通訳した。

「私は、この収容所の所長です。わがアメリカは、戦争が終ったならば必ずあなたたち捕虜を日本へ帰す。この収容所は、厳重に監視されているので逃亡することはできない。もしも脱走をくわだてた者がいた場合には規律を守るために射殺するから、逃亡をくわだてるようなことはしないようにして下さい」

と、きびしい表情をして言った。

将校は、訓示を終ると入口に近い場所に立つ建物の方へ去っていった。

米兵に指示されて兵舎のような建物に入った中村たちは、戸外から邦人たちの呼ぶ声を耳にした。

外へ出てみると、邦人たちが手に手に煙草《たばこ》やキャンデーをもっていて競うように中村たちの掌におしつけてくる。

中村たちは、無言で頭を下げつづけた。

「必ず日本は勝つ。兵隊さん、それまで一緒に頑張りましょう」

五十ぐらいの肥満した女が、ひどくなれた仕種《しぐさ》で一人一人に握手をして歩いた。

中村たちは、邦人たちの明るい空気につつまれて生活をはじめた。

早朝に体操をしてから朝食をとり、作業に出かけるのが日課になった。作業内容は、近くの山の樹木の伐採で、トラックに分乗して作業現場に到着すると、自動小銃を擬した米兵の監視下で樹《き》を切り倒すのだ。

作業は軽労働で、途中で休息しても米兵はほとんどなにも注意しなかった。

その頃、邦人の間にアメリカの新聞が渡るようになっていて、邦人たちが新聞を手に朝七時と夕方五時にやってきては、記事を翻訳して話してくれた。

それによるとアメリカ軍のキスカ、ラエ、サラモアの占領などもつたえられていて、なんとなく戦況が日本側に不利になっているようにも感じられた。

しかし、アメリカの新聞であることからその報道内容の真偽は疑わしく、日本は優勢に戦いを進めていると断言する者が多かった。

ただドイツ、イタリアの情勢の悪化をつたえる新聞記事は、信用性の高いものに思えた。七月下旬、イタリアのムッソリーニ首相が失脚、それに代ったバドリオ政権も九月初旬には連合軍に無条件降伏したという。

それに関するさまざまな写真も紙上に掲載されていて、イタリアの降伏は事実と認めざるを得なかった。またドイツ軍もソ連戦線で敗北してから、各戦線で連合軍の大きな圧迫をうけているようだった。

「日本は、一国になってもやりますよ。絶対に勝ちますよ」

邦人たちは、逆に中村たちをはげますように言うと新聞を手に帰っていった。

戦況の推移に不安はあったが、邦人たちの明るい空気につつまれて平穏な日々が過ぎていった。

秋が深まると樹葉は紅葉し、中村は、山中の作業の合間に朱色に染まった葉を集め収容所内の邦人たちに持って行った。かれらはそれをひどく喜び、書籍にはさんで押葉をつくったりしていた。

収容所内に事故が起ったのは、樹葉がすっかり枯れ落ちた頃だった。

或る夜十一時頃、不意に収容所内に鋭いサイレンの音が鳴りひびいた。

就寝していた中村たちは眼をさまし、ベッドの上に起き上った。

耳をすますと、遠くの方で人の駆ける靴音やジープの発車する音がきこえてくる。米兵の互いに呼び合う声もしていた。

そのうちに、かすかに銃撃音が連続的に起り、いったんやむと再び数梃《ちょう》の自動小銃から発射される射撃音が重なり合ってきこえた。

中村たちは、鉄格子《ごうし》のはまったガラス窓に顔を押しつけた。建物のかげで見えなかったが、サーチライトが放たれているらしく屋根に接した夜空が幾分明るんでみえた。日本人の工作員かなにかが、収容所を襲ったのか、それともだれかが脱走したのか。射撃音がやんだことは、すべてが終ったことをしめしていた。

中村たちは、長い間ガラス窓に身を寄せ合っていたが、収容所内には再び静寂がもどって人影も絶えていた。

翌朝起きると中村たちは、前庭に整列させられた。

収容所長が、自動小銃を手にした米兵をしたがえて、中村たちの前に立った。

「私は、あなた方がこの収容所についた日、脱走する者は射殺すると警告しました。昨夜、サイレンが鳴ったのをきいたでしょうが、鉄条網にふれた者がいるとサイレンは自動的に鳴るのです。あなた方の中の二人の者が、脱走を企てました。私たちは、かれらを射殺しました。それは、かれらが収容所の規則を破ったからです。この収容所からは逃げられません。もし逃げる者がいたならば、これからも容赦なく射殺します」

収容所長は、日系米兵に通訳させながら淀《よど》みない口調で言った。

調べてみると、脱走を企てたのは鹿児島県出身の水兵二名だった。

同県人の水兵たちが収容所司令部に呼ばれると、やがてかれらは二つの容器に納められた遺骨を抱いて帰ってきた。

「せっかく生きてきたのに、こんな骨になってしまって……」

水兵たちは、遺骨をテーブルの上に置くと肩をふるわせて泣いていた。

二人の死は、収容所が完全に隔離された世界であることをしめしていた。たとえこの一郭を脱走することができても、鉄条網の外は敵国人のみしかいない敵の領土である。それを知りながら脱走を試みた二人の水兵は、いったいどこへ行こうとしたのか。もしかすると、商船から身を投げて自殺をくわだてた自分と同じように、太平洋岸にたどりついて船でも盗んで日本へ向おうとしたのか。太平洋の風波は荒く日本にたどりつくことは絶対に不可能だが、かれらはただ故国の方向に向うという想像にすべてを賭《か》けたのかも知れない。

中村は、遺骨の前に立つと合掌し頭を垂れた。自分は生きているが、二人の水兵は射殺された。それはどちらが幸せなのか、かれにはわからなかった。

それから十日ほどして、中村は、亡霊の群れをみたような戦慄《せんりつ》を感じた。

それは、生きている人間とは思えなかった。

「海ゆかば水漬《みづ》く屍《かばね》、山ゆかば草むす屍」という歌詞が自然と胸に湧《わ》いた。かれらの列からは、死臭がそのまま流れ出ているように思えた。屍《しかばね》が、戦場から群れをなして移送されてきたようにも感じられた。

人の数は、六十名ほどであった。かれらの足は、骨も関節も形そのままに浮き出ていて、上体を支える機能を失っていた。

かれらは、一人残らず担架にのせられ建物にはこびこまれてきた。

かれらの顔は、驚くほど酷似していてその識別は不可能だった。頭蓋骨《ずがいこつ》に青黄色い皮膚がその表面をおおっているだけにすぎず、鼻も頬も顎も骨が突き出ている。そして、深くくぼんだ眼窩《がんか》にはうつろな眼が光っているだけだった。

中村は、かれらの体にもPWの衣服が着せられているのをみた。それは囚人というよりは半死半生の病人の群れで、かれらにそのような衣服を着させていることは残忍な処置に思えてならなかった。

だぶついた囚人服につつまれたかれらを坐《すわ》らせてみたが、体を支える力はなく、横に倒れたり頭を垂れ前に突っ伏してしまったりする。中村たちは、かれらをベッドに運んだが、手にふれるかれらの体の感触は骨のそれでしかなかった。

中村たちは、言葉もなくかれらの体を見つめた。

中村が、ベッドの傍《そば》に膝《ひざ》をついて、

「どこから来た」

と、きくと、

「ガダーカナウ」

と、男が弱々しげに言った。

中村には聞きおぼえのない地名だったが、ガダルカナルと言っているようにもきこえた。

男たちが、想像を絶した飢えと渇きに見舞われたことはあきらかだった。これほどまで肉体の衰弱した経過が、中村には推測することすらできなかった。

亡霊だ。戦場からやってきた亡霊なのだ、とかれは胸の中でつぶやいた。かれらが、そのような骨と皮だけになってなおも生きつづけていることが不思議でならなかった。

米軍の医師が入ってくるとおぼつかない日本語で、

「五日ぐらいしたら、少しずつ普通の食物を食べさせる」

といった意味のことを、男たちに言った。

夕方になって、食事が運びこまれてきた。

男たちには少量のオートミルがあたえられただけで、かれらは食事をすすり終えると中村たちに切なそうな眼を向けてきた。食物をもっと口に入れたいらしく、中には ベッドをおりてくるように体を起しかける者もいた。

中村たちは、食事の手をとめた。かれらの飢えきった視線を浴びると、それ以上食事をつづける気にはなれなかった。

一人が、食物の容器をのせた盆を手に立ち上ると、それにならう者がつづいた。

「消化の悪い物は食べさせるな」

だれかが言った。

中村も、ベッドの一つに近づくと食器をベッドに横たわる兵の傍に置いた。

兵が半身を起し、中村はその体を支えた。

兵は、フォークをにぎる力もないらしく指を食物につき出してつまみ、口に押しこんだ。指はふるえながら、食物を次から次へとつかんでゆく。

「アリガト、アリガト」

兵の口から、声がもれた。そして、なおも食物を口にはこんでゆく。

中村は、そのすさまじい食欲に無気味さを感じた。そのまま兵の自由にまかせれば、兵は、果てしなく食物をのみこんでゆくように思えた。

軍医の言葉もあるので、中村は、兵の体を横たえると、食器をベッドの下におろした。

「急に食べるといけない。また明日食べさせるから」

中村が言うと、兵は、黙ったまま指についた食物のきれはしを口をすぼめてなめていた。

その夜半、中村は人声に眼をさました。

数人の者が、軍医を呼びに行った。ベッドに横たわったガダルカナル島守備隊の兵たちの中に、顔をはげしく痙攣《けいれん》させている者がいる。それは、ゼンマイ仕掛けの玩具《おもちゃ》のように、ぎこちない動きであった。

軍医のかざす懐中電燈《でんとう》の光を浴びたそれらの者の眼は、瞳《ひとみ》が上方にずり上っていて口が半開きになっている。そして、顔のふるえが首筋から肋骨《ろっこつ》の浮き出た皮膚につたわっていた。

「タクサン食べさせましたね」

と、軍医が顔をしかめてつぶやくように言った。そして、処置する方法はないというように聴診器をはずすと黙って部屋を出ていった。

夜明け近く、三名の男の痙攣がやみ、朝の陽光がさした頃二名の者がそれにつづいた。

中村が食事をあたえた兵に異常はなかったが、五名の死者に食物をあたえた者たちは放心したようにその死体を見下ろしていた。

脱走をはかって射殺された二名の水兵の遺骨に五個の骨壺《つぼ》が加えられた。

中村たちは、その日から兵たちに食物をあたえることはしなくなった。男たちは、声をあげて食物をねだったが、中村たちは顔をそむけて食事を匆々《そうそう》にとった。

ベッドに横たわった男たちの消化器官はわずかな食物をこなす能力も失われている

らしく、一人残らずはげしい下痢をつづけていた。

中村たちは交代でかれらの看病をし、下のものの処置もした。

日がたつにつれてかれらの体は徐々に回復してゆくらしく、

「アリガト、アリガト」

という言葉も、少しずつ力のあるものになっていった。

昭和十九年が明けた。

ベッドに横たわっていた者たちは身を起し、おぼつかない足どりで室内を歩くようになった。

体にも幾分肉がついて、容貌《ようぼう》にも一人一人の個性が浮び上ってきた。皮膚の青黄色い色も消え、或《あ》る者は色白の皮膚を、或る者は浅黒い皮膚の色をとりもどしていった。

かれらの回復を待っていたのか、三月下旬に日本軍捕虜に対する移動命令が出た。

目的地は、カリフォルニア州のココーランにある日本人専用の収容所だという。

中村たちの総数は、百三十一名にふくれ上っていた。

かれらは、手錠をはめさせられ列を組むと収容所の門を出た。その中の七名の者は、それぞれ遺骨をおさめた袋をぶら下げていた。

五

列車は、レールを鳴らして走りつづける。

車内には、自動小銃やピストルを手にしたアメリカ兵が監視に当り、中村たち百三十一名の捕虜は、座席に坐ったり身を横たえたりしていた。

窓にはカーテンが垂れ下っているので景色はみえない。中村は退屈しきっていたが、行先がカリフォルニア州であることに僅《わず》かながらも喜びを感じていた。

カリフォルニア州は太平洋に面していて、アメリカ大陸の中では日本に近い場所に位置している。ココーランという土地は、州のどこにあるのかはわからないが、もしかすると太平洋のみえる場所にあるのかも知れない。上陸してくる日本軍を迎えるのにも好都合だし、第一、海洋のかなたに日本があると思うだけでも気持がなごむだろう。

列車は、山岳地帯の上り傾斜を喘《あえ》ぐようにたどることもあれば、長い鉄橋を轟々《ごうごう》と車輪の音をさせて進むこともあった。

捕虜たちは、夜になると毛布をかぶって座席に身を横たえていた。

中村たちが列車から下車したのは、マッコイを発してから十日後であった。

フォームに降り立った中村は、すぐに周囲の地形を見まわした。が、海の色はなく、あたりには山間部特有の湿った樹皮のような匂《にお》いが漂っているだけだった。

ココーランの町の近くには山塊がつらなっていて、わずかな平坦《へいたん》地に兵舎のようなものが立ち並んでいた。そして、その建物の群れには鉄条網がはりめぐらされ、四隅に櫓《やぐら》状の監視哨《しょう》が立っていた。

中村たちは、手錠をかけられ二列になって収容所の営門をくぐった。

ココーラン収容所は、日本人専用であるときいていたが、事実ドイツ人の姿はなかった。その収容所は在米抑留邦人の大集結地で、五千名ほどの日本人が収容されていた。

中村たちは、そこでもかれらの歓迎を受け煙草《たばこ》や菓子などをあたえられた。

開戦以来二年半近くを経過した間に、邦人たちは抑留生活にもなれたらしく、それぞれの生活を楽しむ工夫を身につけていた。収容所内には、少年少女のための夜間学校がひらかれ、教職にあったものが教鞭《きょうべん》をとっていた。

中村たちが入所すると、邦人たちは海軍兵学校出身の若いサカマキカズオ少尉に眼をつけて、子弟教育にあたってくれるように懇願した。サカマキは快く承諾して、夜間に数学、英語、国語、幾何を教えるようになった。

また邦人の中で僧籍にあった者が仏教について講話したり、休日には野球大会をひらいたりした。

収容所内には、なごやかな空気があふれていた。アメリカ軍の反攻は開始されているようだったが、日本軍は、依然として太平洋上の要地を確保して頑強な抵抗をつづけているらしい。開戦直後の日本軍の華々しい戦果を知っている邦人たちは、日本が必ず勝つとかたく信じこんでいた。

中村たちに課せられた労役は山林での伐採作業で、トラックにのせられて近くの山に入った。樹葉には、新しい芽がふき出しはじめていた。

単調な日々がすぎ、山林の緑は濃さを増していった。気温もたかまり、眩《まばゆ》い陽光が林の中にもひろがるようになった。

中村は、季節の移り変りをおびえたように見守っていた。捕えられてから、すでに二年間が経過している。初めの頃は自ら命を断とうとして食物をとることを拒んだり、船上から海中に身を投げたりした。が、月日がたつにつれていつの間にか死をねがう気持もうすらいできている。かれは、時間の経過によって捕虜としての境遇になじみはじめた自分が不安であった。

収容所には、時折新たに捕虜になった者たちがどこからともなく送りこまれてくるようになった。それは、飛行機の搭乗員であったり撃沈された艦艇の乗組員であったりした。

かれらは、収容所に入ってきても数日は口をきかない。かれらの眼には、例外なく収容所で捕虜生活を送っている中村たちに対する蔑《さげす》みの色がうかんでいる。そして、捕虜になった屈辱感をどのように処理してよいか戸惑っているようにみえた。

暑い夏がやってきた。

その頃、赤十字のマークのついた葉書が中村たちに渡された。それは、スイスを経由して日本へ送られるものだという。

「あなた方の肉親は、あなた方が無事かどうかを心配しています。この葉書を出せば、国際赤十字社が必ず日本の肉親のもとへとどけてくれます。葉書を出して肉親の方を安心させてやりなさい」

葉書を配った米軍将校は、一句一句くぎるような日本語で説明した。

その言葉が終ると同時に、葉書を破る音が随所で起った。中村も、葉書を破り捨てた。葉書を出すことは、自分が捕虜になっていることを祖国に伝えることになる。それは肉親を安心させるどころか、周囲の激しい非難を浴びて苦しい立場におとしこませてしまうのだ。

中村が立花二郎という偽名を使っているのも、捕虜になったことを祖国に知られたくないためだ。自分だけではなく、ほとんどすべての者が実名をかくしている。石川五《ご》右衛《え》門《もん》という偽名を使っている者もいれば、国定忠治や、机竜之助もいる。マッコイ収容所に入所した時一人一人写真をとられたが、撮影される瞬間顔を手でおおったりカメラに背を向けたりした。それもすべて祖国の肉親に迷惑をかけたくない気持からだった。

中村たちの足もとには、破り捨てられた葉書が散らばった。

米軍将校は、無言で立っている。かれらの顔に憤《いきどお》りの色はなく、むしろ予想していた通りのことがそのままおこなわれたにすぎないという諦《あきら》めの表情がうかんでいた。

「あなたたち日本人の気持はわかりません。肉親の方たちは、悲しんでいます。もしも葉書を出したい人がいたら、いつでも私の所へ来てください」

将校は、静かな口調で言うとドアの外へ出て行った。

中村たちは、沈鬱《ちんうつ》な表情で口をつぐんでいた。かれらにとって、祖国の肉親を思い出すことは最大の苦痛だった。

その夜、中村は、上衣《うわぎ》を脱ぐと布を荒々しくもんだ。背に印されたPWという文字をかき消したかったのだ。

文字のペンキが、白い粉末となって散ってゆく。Pがうすれ、Wが消えた。かれは、幾分気持が安らぐのを感じた。

八月に入って間もなく、多数の日本兵捕虜が入所してきた。かれらの半数以上は傷ついた者たちで、松葉杖《づえ》をついたり担架で運ばれてくる者が多かった。

その中には、サイトウという海軍大佐もいたが、ほとんどが陸軍の将兵たちだった。

中村たちは、かれらがサイパン島守備隊員たちであることを知った。

六月十日、サイパン島はアメリカ軍の攻撃を受け、島は艦艇の群れに包囲された。その艦艇の数は「敵艦数不明」と見張り員から報告されたほどおびただしいものであった。

その日、アメリカ軍は多数の上陸用舟艇を放ってオレアイ海岸に上陸、約三万の日本陸海軍部隊は、洞窟《どうくつ》に立てこもって上陸軍を迎え撃った。日本軍は肉弾戦をくり返し、夜間には斬込《きりこ》み隊が突入していった。

サイパン攻防戦は、太平洋戦争史上稀《まれ》にみるすさまじい激闘で、全島その地形は変容し、無数の死骸《しがい》が南国の強い陽光にさらされた。

圧倒的に優勢な米軍の猛攻によって日本軍は陣地を次々に失い、二十日後には遂に最後の時を迎えた。

七月五日、サイパン島所在の陸海軍首脳部は、

「……全軍屍《かばね》ヲ珊瑚礁《さんごしょう》ニサラシ、太平洋ノ防波堤トナラン」

という訣別文《けつべつぶん》を大本営に打電し、六日午前十時、中部太平洋方面司令長官南雲《なぐも》忠一海軍中将と斎藤義次陸軍中将は自決した。

残存兵力は約三千名で、翌七日午前三時三十分以後各隊は、一斉に敵陣地に総突撃をおこなった。武器は欠乏していて素手で突入していった者も多く、戦闘終了時には、二三、八一一名の日本将兵の死体が散乱していた。

捕虜として入所してきた者たちから、そのような事情を耳にした中村たちは顔色を変えた。

南雲忠一中将は、開戦時にハワイの真珠湾攻撃を成功させた機動部隊の司令官であり、同中将の死は戦局が極度に悪化していることをしめすものに思えた。

しかし、中村たちがサイパン島から移送されてきた捕虜たちに、

「戦局は不利になっているのではないか」

と問うと、かれらは憤然としたように、

「勝つ。日本には無敵艦隊がいるし、陸軍も決死の意気ごみで戦っている。日本は、必ず勝つ」

と、甲高い声で答えた。

アメリカ軍は、厖大《ぼうだい》な物量を投じて太平洋の島々を攻撃しそのいくつかを手中におさめているが、各島で日本軍の想像を絶した激しい抵抗にあって、その都度大損害をこうむっている。アメリカ軍の疲労の色は濃く、日本軍は逆に士気を一層たかめ、むしろ戦局は有利に展開しているというのだ。

中村たちの表情は、明るさをとりもどした。サイパン島守備隊員たちの言葉が、中村たちには大きな救いになったのだ。

その日から、サイトウ海軍大佐が最上級者として捕虜の指揮者になった。捕虜の数はいつの間にか増して五百名を越えるようになっていた。

それから間もなく、サイトウ大佐とサカマキ少尉をのぞいた十八名の日本軍士官がサンフランシスコに送られていった。かれらは、そこで軍法会議に付されることになったのだ。

夏の陽光がやわらぎ、秋の気配がしのび寄った。

その頃、軍法会議から士官がもどされてきた。

中村たちは、かれらの顔がひどく変貌《へんぼう》していることに愕然《がくぜん》とした。頰はこけ、眼には暗い光がただよっている。それは、かれらが軍法会議で苛《か》酷《こく》な訊問《じんもん》を浴びせつづけられたことをしめしている。かれらは、口数も少なく放心したように窓の外をながめていた。

かれらの中の海軍中佐だけは、ただ一人ひどく陽気で饒舌《じょうぜつ》だった。かれは、一人一人に声をかけ肩をたたいて歩いた。

「どうだ、中村。元気ですごしているか」

と、中村にも微笑をむける。無口だった中佐であっただけにそうした態度は不可解で、それに中佐の口からもれる言葉も幼児のように語尾が曖昧《あいまい》だった。

中佐は、狂者となっていた。肉体的な暴行はうけなかったようだが、軍法会議のきびしい訊問がかれの頭脳を完全に乱れさせてしまっていたのだ。

士官がもどされるのを待っていたように、再び移動命令が出された。行先はウイスコンシン州のマッコイで、つまりもといた収容所に逆送されることになったのだ。

移動予定日の朝、中村は数人の捕虜たちと下士官室に連れてゆかれた。

「お前たちは、いったい何だと思っているのだ。あ?」

と、太った下士官は英語でいうと、一人一人の背中を強く突いてまわった。

米兵が、缶に入れられた白いペンキに刷毛《はけ》を突き入れた。

中村は、苦笑しながら立っていた。その背に刷毛が動いた。P……Wと、かれはその動きを追いながらつぶやいた。

「いくら塗り直したって、また消すだけだ」

かれは、日本語で言った。

他の者たちの背には、白いペンキがべったりとついている。

下士官が、太い指でドアをさした。

中村たちは、部屋を出た。

マッコイ収容所には、PWという文字を背に負った日本軍将兵があふれていた。中村たちの合流で、その数は二千名を越えた。グアム、テニアンをはじめ太平洋上の島々で捕虜になった陸兵が多く、その他艦船の乗組員、飛行士や飛行場設営などで派遣されていた軍属もまじっていた。

マッコイ収容所では、士官・将校と下士官・兵が分離され、下士官・兵によって三個の作業大隊が編成された。

中村は最古参の捕虜であり、その上いつの間にか英会話も上達していたので第一大隊長となり、第二大隊はアッツ島守備隊員であったキムラ軍曹、第三大隊は巡洋艦乗組みであったコジマ兵曹がそれぞれ指揮者に任ぜられた。そして、各大隊毎に作業をおこなうことになったが、収容所側からあたえられた作業内容は、日本人捕虜に反発を起させた。それは、不要となった防毒面の布をはずしてテントを作るという再生作業なのだが、捕虜たちはテントが野戦用に使われることはあきらかだと推定して作業に従事することをこばんだのだ。

捕虜たちは、

「軍事的なものを作ることには断乎《だんこ》反対する。敵軍の戦闘行動に利益をあたえるようなものを作る気にはなれない」

と、口々に言った。

中村は、キムラ、コジマの両大隊長とともに、収容所長ロジャー中佐のもとに赴いた。そして、

「われわれは、軍事的な作業に従事することは拒否する。国際条約でも、捕虜に軍事的作業をおこなわせてはならぬという条項がある。あきらかに条約違反だ」

と、抗議した。

「軍事的というが、防毒面がいけないのか、それともテントがいけないのか」

ロジャーは、表情を曇らせた。

「どちらもだ」

「それはちがう。防毒面は不用物だ。テントはアメリカ本土で使う平和的なもので、どちらも軍事的なものではない。捕虜たちに私の言葉を伝えなさい」

ロジャーは、鼻梁《びりょう》に皺《しわ》を寄せて言った。

中村たちがもどってロジャーの説明を広場に集まっている捕虜たちに伝えたが、かれらはそのような回答では満足しなかった。捕われの身として無力なかれらは、自尊心を回復させるためにも頑《かたく》なに反発したのだ。

捕虜たちの感情は次第に激して、かれらの間から、

「ストライキだ、ストライキだ」

と、甲高い叫び声があがるようになった。そして、かれらは広場から散ると建物の中へ入っていった。

作業を開始する気配もないことを知ったアメリカ兵は、

「外へ出ろ、仕事をはじめろ」

と、建物のドアの外に立って自動小銃の銃口をむける。が、捕虜たちは、ベッドに坐《すわ》ったり寝ころんだりして身動きもしなかった。

所内は、不穏な空気につつまれた。非番のアメリカ兵もあわただしく兵舎から走り出てきて銃を手に整列し、各監視哨《しょう》の周辺に散ってゆく。かれらにとって、二千名を越える日本兵捕虜の存在は無気味なものだったのだ。

中村をふくめた三人の大隊長が、ロジャー所長のもとに出頭を命じられた。

所長室に入ると、ロジャー中佐は憤りで顔を赤らめていた。そして、部屋の中を歩きまわりながら荒々しい声をあげ、日系米兵がその言葉を通訳した。

「私は、今まであなた方を温かく待遇してきた。しかし、あなた方は私を裏切った。アメリカは、あなたたちを許しません。作業は、軍事的なものではない。すぐに作業をはじめなさい」

ロジャーは、顔をゆがめ、拳《こぶし》でテーブルをたたいた。

中村たちは、

「われわれは、そのような種類の作業をする気は絶対にない。敵を利するような仕事に従事せよということは、国際条約違反である。作業内容を変更すべきだ」

と、反論した。

通訳の言葉をきいたロジャーは、唇をふるわせながら、

「出て行け」

と、叫んだ。

中村たちが建物内にもどって窓から外部をうかがっていると、軍用トラックが続々と門から入ってきて武装兵が降り立つ。そして、監視哨の周辺に築き上げられた土塁の傍《そば》に集結するのがみえた。

日が傾き夜の闇が落ちると、監視哨にとりつけられたサーチライトの光芒《こうぼう》が一斉に放たれ、収容所は眩《まばゆ》く浮び上った。そして、自動小銃を手にした米兵が接近してきて四方から建物の群れをかたくとりかこんだ。

士官が、手をあげるのがみえた。と同時に、百名ほどの米兵が、はずれに立つ建物にむかって走り出した。中村たちは、その建物の方向で叫び声と物のぶつかり合うような音が起るのを耳にした。部屋のベッドに横たわっていた者たちは、体を起し、窓のかたわらに寄り集まった。

その直後、軍靴《ぐんか》の鳴る音が近づいてドアが荒々しくあけられると着剣した銃を手にした米兵がなだれこんできた。かれらは、銃剣をふるって中村たちを部屋の隅に追いつめ、ベッドの傍に立ちすくむ捕虜の腿《もも》を突き刺した。数名の者が、床に倒れた。

指揮者の鋭い声がして、米兵は銃を擬しながら後退し、あわただしく部屋を出ていった。

叫び声が他の建物でも起り、それがやむと建物から走り出てきた一隊が建物を包囲する米兵の列にもどるのがみえた。そして、日本人捕虜を威嚇《いかく》するように夜空に銃口をむけて弾丸を連射すると、それぞれの監視哨の方向に後退していった。

連絡員が、各建物の間を往き来した。その結果、死者はなく二十二名の者が米兵の銃剣で刺傷を負ったことがあきらかになった。

その夜の米軍の来襲は、捕虜たちの感情をさらに硬化させた。

「今度来たら、武器を奪って戦う」

と、多くの者たちが眼をいからせて叫んだ。

夜が、明けた。

その日も、作業拒否はつづけられたので、全員建物の外へ引き出され、収容所外への行進を命じられた。前夜につづいてその日の朝も食事をあたえられていなかったので、歩くことは捕虜たちに大きな苦痛をあたえた。

しかし、かれらは、米兵の命ずるままに歩きつづけた。

中村も、敵の懲罰に屈してたまるかと思った。たとえ食物を口にしなくとも、自分たちは敵兵にまさる精神力をもっている。監視する敵兵が倒れるまで歩きつづけ、日本軍人の気力をしめしてやろうと思った。

軍歌が、列の前方から起った。

米兵が、うろたえたように銃剣をふりかざして、

「ノー、ノー」

と、叫んだ。

軍歌はやんだが、列の中央あたりから再び軍歌が湧《わ》き上った。また米兵が走りよってきて怒声をあげながら銃剣を突きつけた。歌声は静まったが、今度は後部を歩く中村の周囲から軍歌がふき上った。

笑い声が、列の所々で起った。そんなことを何度かくり返しているうちに米兵も諦《あきら》めたらしく、列は軍歌の大合唱になった。初めに歌われたのは陸軍の軍歌だったが、ついで海軍の軍歌がうたわれた。かれらは、元気よく歩きつづけた。

しかし、砂地の道は歩きにくく、一時間近くたった頃にはおくれる者も出てきた。軍歌は果てしなくつづいていたが、次第にその声も弱まり、かれらは頭を垂れて歩くようになった。

中村の足は無感覚になっていた。空腹感が全身にひろがって、口中の激しい乾きが一層つのってゆくのを意識した。

四時間ほど歩いた頃、米兵が引き返すように命じた。米兵の疲労も甚《はなは》だしく、顔を

青ざめさせて立ちどまり息をととのえている者もいた。

収容所にもどったのは、日没近くだった。列はすっかり乱れ、かれらは一様に頭をたれていた。そして、建物に入ると、ベッドに倒れるように横たわった。

落伍者《らくご》は十名で、かれらは疲労しきった米兵とともにトラックに乗せられて送られてきた。

その夜、ロジャー中佐が再考を促すため作業大隊長を招いた。ロジャーは「テントは軍事目的に使うものではない」と書いた紙片を中村たちに渡して、捕虜たちを翻意させるよう指示した。

中村たちは、建物内にもどって全員を集め、

「いつまで抵抗していてもきりのないことだ。ロジャーからもこのような書付けをとったことだし、抗議の目的も一応果されたと言っていい。納得できぬかも知れないが、明日から作業をやろうではないか」と、説得した。

渋々と同意する者もいたが、クドウ軍曹をはじめ多くの者たちが徹底的にストライキをつづけると強硬な態度をしめした。激しい議論が交わされ怒声もとんだが、結局、作業をはじめる者と拒否する者を二分することになった。

その結果、二千名の者は丁度半数ずつにわかれた。

中村は、その旨《むね》をロジャー中佐に伝え、翌朝から約千名の者がテント作りの作業に入った。

作業を拒否している者たちには、その日も食事があたえられなかった。中村は、クドウ軍曹たちの気持が理解できるだけに堪えがたい苦痛を味わった。かれらは、二日間も絶食をつづけて作業を拒否している。かれらには、日本軍人の意志の強さを敵にしめしてやろうという強い意図があるにちがいなかった。

かれらは、中村たちを背信者として蔑《さげす》んでいるはずだった。中村は、クドウ軍曹たちに後ろめたさを感じた。それは他の者たちにも共通した感情で、かれらは暗い表情で口数も少なくテント作りをつづけていた。

その夜、中村は、クドウ軍曹に会うと真剣に翻意するよう説得した。かれは、捕われた直後食事をこばみ海中に身を投げて自殺を試みた事も述べ、決して死を恐れているのではないと言った。作業拒否者の中には病弱の者もいるし、部下のためにも食事を受けいれるようにすべきだと説いた。

クドウ軍曹は、頑なに頭をふりつづけた。が、部下の衰弱の激しいことを憂《うれ》えていたかれは、中村の強い説得をうけいれてようやく作業拒否を撤回することになった。

ようやく収容所内にも、平穏な空気がもどった。

かれらは、黙々と防毒面の布をはがしてテント作りをつづけた。かれらの間では、作業内容が話題になった。防毒面からテントを作るという発想は突飛でもあり、滑稽《こっけい》でもある。防毒面の布は少なく、一張りのテントを作るにはかなり多くの防毒面を解きほぐさねばならない。

中村たちは、豊富な物量をほこるアメリカも戦争でようやく枯渇しはじめているのだと噂《うわさ》し合った。

寒気がきびしくなって、初雪が舞った。

……昭和十九年が暮れた。

昭和二十年一月一日。中村たちは、収容所の空地に整列して祖国の方向にむかって黙禱《もくとう》した。

その年の冬は、雪が多かった。中村にとって雪はなつかしかったが、岩手山山麓《さんろく》にある故郷のことが思い起されて胸が痛んだ。かれは、時折一面にひろがる雪をうつろな眼で長い間見つめていた。

雪が消えて新緑がふき出した頃、硫黄島につづいてセブ島の守備隊員が入所してきた。かれらには、激しい戦闘の痕《あと》が生々しく、眼には苛立《いらだ》った光がうかんでいた。

中村たちは、両島の失陥に不安をいだいたが、入所してきた者たちは例外なく日本の勝利を力強く口にした。

その頃、中村たちは広場に土俵をきずいて相撲大会を催すようになった。健康増進をはかるという名目のもとにおこなわれたものだが、収容所生活ですさみはじめた捕虜たちの気持をやわらげるためのものでもあった。

所内には、些細《ささい》なことから争いが起るようになっていた。

入所者の中には、米軍に対して階級を詐称《さしょう》する者もいた。兵であるのに下士官だといつわったり、士官に準じた階級にあったと称する者もいる。上級者であるということで、良い待遇を得ようとするのだ。

一般の者たちは、そうした者たちを卑劣だと蔑視《べっし》する。日本軍人らしい誠実さをもちつづけねばならぬと憤《いきどお》る。

さらに陸軍と海軍の兵たちの間の感情的対立もきざしていた。連合艦隊や航空機の優秀さを誇る海軍の兵たちに、陸軍の兵たちは関東軍の強大さや中国大陸での広大な地域を占領している成果をあげて対抗する。初めは軽い諍《いさか》いなのだが、やがて感情が激して暴力をふるう結果にもなった。

中村たち指揮系統にある者たちは、作業隊員たちの気分転換をはかるために腐心しなければならなかった。その方法としては、野球や卓球などのスポーツをおこなわせることが効果的であったが、国技でもある相撲は最も好ましいものに思えたのだ。

休日が、土俵開きになった。

行司は軍配を手に、力士の名を呼び上げる。土俵の上では陸・海軍の兵が同僚たちの声援をうけながら相撲をとった。

その光景は、米軍の関心をひいた。かれらも無聊《ぶりょう》をかこっていたので、休日の相撲大会には土俵ぎわにテントを張ってテーブルをおき、看護婦なども まじって観戦した。そして、勝抜き戦でひいきの捕虜が勝つと、看護婦たちは歓声をあげて煙草《たばこ》やキャラメルを土俵に投げた。

そのうちに、米軍の士官や兵が飛入りをして相撲に参加するようになった。かれらは大きな体をしていて腕力にも自信を持つ者ばかりだったが、日本の捕虜たちは腰の弱いかれらを容易に投げ倒す。捕虜たちは、手をたたいて喜ぶ。捕われの身として劣等感をいだいていたかれらにとって、米軍の士官や兵たちが同僚に倒される光景は、この上ない小気味よいものに感じられたのだ。

相撲大会は、アメリカ軍将兵と日本軍捕虜との融和にも役立った。監視する兵は、微笑をむけて「日本兵は強い」と言ったり、煙草を出してすすめたりするようにもなった。

四月中旬、収容所には半旗が垂れ弔銃《ちょうじゅう》が発射された。監視兵の口からルーズベルト大統領の死がつたえられ、それは捕虜たちの間にもひろがっていた。アメリカの著名な指導者である大統領の死が、直接日米戦に大きな影響をあたえるとは思えなかったが、日本にとってはやはり好ましいニュースにちがいないと解釈された。

米兵たちの顔には悲しげな表情がうかんでいたが、それとは対照的に日本軍捕虜たちの眼には明るい輝きがやどっていた。

しかし、それから一カ月もたたぬ頃、収容所内に米兵の歓声があがった。かれらは、肩をいだき、手をとり合って踊りまわっている。かれらは、帽子をぬいで空に投げ上げていた。

中村たちは、その光景に顔色を変えた。かれらの喜び合う姿は、なにか国家全体の喜びと関連があるように思えた。すぐに思いつくことは、戦争の推移だった。

「日本が負けたのだろうか」

と、或《あ》る兵が、恐ろしいことでも口にするように言った。

「馬鹿《ばか》を言うな」

と、他の者が反射的に答えたが、その声にも濃い不安がにじみ出ていた。

中村たちは、口をつぐんで立ちつくしていた。祖国が敗れるなどということは決してないという気持は強かったが、米兵たちの狂ったような喜び方をみると不安は一層増した。

捕虜の一人が、自動小銃を肩にした米兵に近づいて声をかけた。米兵が、笑いながらなにか言っている。

捕虜がうなずくと、中村たちの方にもどってきた。かれの顔には、奇妙な表情がうかんでいたが、それは悲しみの色ではなかった。

中村たちは、かれをとりかこんだ。かれは、

「ドイツが負けたらしい」

と、言った。

捕虜たちの顔に、安堵《あんど》の色がひろがった。頬をゆるめる者も多かったが、すぐにかれらの表情はこわばった。イタリアにつぐドイツの降伏は、日本がただ一国でアメリカ、中国、イギリスを主体とした世界の強国を相手にしなければならなくなったことを意味している。しかも、ドイツと戦ったソ連も、日本にとっては準敵国という立場をとっている。

ドイツの降伏は、日本に大きな重圧を加えることはあきらかだった。捕虜たちの中には、今後の日本の立場を憂える者もいた。しかし、結論として日本の勝利は不動のものだという声が圧倒的だった。イタリアは呆気《あっけ》なく屈服したし、ドイツの降伏までの戦いもヨーロッパ地域に限定され、日本にはなんの戦力にもならなかった。むしろ日本としては、足手まといになる同盟国もなく思いきった独自の戦いをおこなった方が好結果を生むと判断された。

「日本が敗れるわけはない。神州不滅だ。必ず日本は勝つのだ」

という下士官の声に、かれらは一様にうなずいていた。

収容所周辺の緑の色が濃さを増した頃、五百名近い日本軍捕虜が入所してきた。沖縄が陥落したのだ。

中村たちのうけた衝撃は大きかった。アメリカ軍が、太平洋の上の諸島嶼《とうしょ》を奪取し、日本本土に近い沖縄を攻撃してそれを手中におさめたことは、戦局が重大化したことをしめしている。

しかし、沖縄で捕えられた者たちは意外にも強気だった。沖縄県下では中等学校二年生以上の少年まで軍籍に入り、女子も斬込み部隊に参加して、全県民が守備隊に協力して戦った。その間、神風特攻隊は、敵艦船に突入をつづけ、米軍側に甚大な損害をあたえたという。

「日本は、負けぬ。敵は本土上陸をはかるだろうが、本土には総特攻の意気に燃える一億国民がいる。日本も傷ついてはいるが、敵はさらに大きな傷を負っている。沖縄は玉砕したが、日本軍は逆上陸作戦を開始するらしい。日本は、絶対に負けない」

かれらは、口々に興奮したように言った。

中村たちは、かれらの言葉に力づけられた。自分たちも全力をつくして戦い、不運にも虜囚の身になった。もしもアメリカが、沖縄を足場に日本本土へ上陸を策しても、そこには温存された戦力と、死を恐れぬ国民がいる。

連合艦隊はかなり損失をこうむっているようだが、アメリカ艦隊に大きな打撃を浴びせかける余力は残されているはずだ。それに、船舶、飛行機がすべて特別攻撃をしかければ、日本本土上陸を策すアメリカ軍はその目的を達する以前に潰滅《かいめつ》してしまうだろう。

入所してくる捕虜たちが例外なく日本の勝利を口にすることは、最終的に日本がアメリカを屈服させる力をひめている確実な証拠のように思えた。

その後、沖縄守備隊員や特攻機の乗員たちが入所してきて、捕虜の数は三千名にもふくれ上った。

六月下旬、捕虜全員の移動命令が出た。

中村は、それが一度行ったことのあるカリフォルニア州のココーラン捕虜収容所であることを知った。

移動は、三日間にわけられて実施された。列車は、西へ西へと進んで十日目にはカリフォルニア州に入った。

収容所はいつの間にか大拡張されていて、建物の数も増設されていた。捕虜たちは、それぞれ指定された建物の中へ入っていった。

ココーラン収容所に来た中村たちが意外に感じたのは、米兵の中に婦人兵が数多くまじっていることであった。また男の監視兵も年輩者が多く、正規の訓練をうけた者は数少ないようだった。

「アメリカも戦力を使い果してしまっているのだな」

と、捕虜たちは明るい表情で口にし合った。

森林伐採が、大隊にあたえられた作業だった。トラックに乗せられた捕虜たちは、自動小銃やピストルを手にした婦人兵に監視されて現場へ赴いた。

彼女たちは、ひどく悠長だった。捕虜たちが作業をはじめると、樹木の下に腰を下ろして昼寝をしたりする。捕虜たちは、投げ出された銃やピストルをかくしたりして、彼女たちを狼狽《ろうばい》させたりした。

中村たちには、婦人兵の手にしている武器を奪って集団行動を起そうとする気持はすでに薄らいでいた。

かれらは、戦争が大きな時代のうねりの中で進行していることに気づきはじめていた。三千名の捕虜が武器を手にして戦闘行動を起してみても、広大なアメリカ大陸の中ではなんの効果もないだろう。それどころか、たとえ決起してもたちまち米軍に包囲されて一人残らず殺戮《さつりく》させられてしまうにちがいない。

かれらは、そうした諦《あきら》めの中でなにかが到来するのを待っていた。それは、端的に言えば日本軍がアメリカ大陸に上陸作戦を開始することで、その折には自分たちの存在は戦況に大きく利することもあると考えていた。が、アメリカ軍が日本本土に近い沖縄県を手中におさめているような戦況では、それはかなり遠い将来のことであるとも思っていた。

監視兵が女性であることは捕虜たちの気持をやわらげ、彼女たちとの間にも親しみに似た感情がきざすようになった。

彼女たちは、陽気で屈託なかった。気に入った捕虜に煙草をあたえたり、微笑を投げかけてきたりする。男のように逞《たくま》しい体をした者ばかりだったが、中には華奢《きゃしゃ》な体をした美しい女もいた。

そのうちに、妙な噂が捕虜たちの間に流れはじめた。或る捕虜は、作業に連れて行くと称して婦人兵に山中へ伴われた。そこで婦人兵からウイスキーを飲むように誘われ、肉体的な接触もしたという。

初めの頃大半の者は半信半疑だったが、経験した者が次から次とあらわれて、それは決して噂ではないことがあきらかになった。

やがて、米軍側もそうした事情に気づいたらしく、婦人監視兵の部署を十日ごとに配置替えさせるようになった。そして、米軍士官の作業現場への巡視回数も増した。

作業は軽労働で、午後三時には終了した。かれらは、収容所にもどると日没まで相撲をとったり、野球に興じたりして過した。


昭和二十年八月六日がやってきた。

その日、アメリカ爆撃機Ｂ29は広島に原子爆弾を投下、翌々日にはソ連が対日宣戦を布告してソ満国境を突破した。また翌九日には、長崎に原子爆弾が投下され、同月十四日、日本政府は連合国側に対しポツダム宣言受諾を正式に伝え、翌十五日には天皇の放送によって無条件降伏が公表された。

しかし、ココーラン収容所では、三千名の日本人捕虜に対してその事実は伝えられなかった。米軍側は、敗戦を知った場合の日本人捕虜の反応をおそれた。捕虜たちの唯一《ゆいいつ》の心の支えは、日本の勝利に対する確信であり、それがかれらを平静にさせているのだということを米軍側は十分に承知していた。

もしも、かれらに日本が無条件降伏したことをつたえれば、或る者は自殺し、或る者は激しい絶望感にとらえられて死を賭《と》して過激な反抗をしめすかも知れない。いずれにしても、日本人捕虜にあたえる衝撃は大きく、それが殺伐とした事件をひき起す因《もと》になることはあきらかだった。

米軍側は、そのような危惧《きぐ》から日本の敗戦を徹底的に秘匿《ひとく》することに決したのだ。

収容所では、監視兵の大半が交代になって、新たな監視兵たちには日本の無条件降伏を絶対に口外せぬよう厳重な注意があたえられた。もしも日本の敗戦が捕虜たちにさとられれば、たちまち収容所内の平穏な空気は崩れ去るのだ。

日本人捕虜には、月に三ドルの固定給が支給され、作業に参加すると一日八十セントが加算される。かれらは、その金を懐《ふとこ》ろにＰＸに行って煙草を買ったりコカ・コーラを飲んだりしていた。

八月中旬以後新しく入所してくる捕虜は絶えたが、中村たちは、その現象をいぶかしむこともなかった。捕虜収容所が他の場所に新設されたとも考えられるし、戦線が沖縄攻防戦を一つの区切りとして膠着《こうちゃく》状態におちいったため捕われる者がいないのだとも思われた。

中には、日本が総反撃に転じて、逆にアメリカ将兵の捕虜が激増しているのではないか、と言う者もいた。かれらは、依然として日本が戦争に勝利をおさめることを堅く信じこんでいたのだ。

中村は、捕虜たちの中に全く口をきかぬ者がいることに気づいていた。その多くは、特攻機で出撃し途中撃墜させられたり不時着したりして捕われた者たちであった。かれらの眼には、例外なく苛立《いらだ》った光がただよっていた。それは、生き残ってしまったことに対する深い悔恨から発したものにちがいなかった。

中村は、捕われて間もない頃の自分をそこにみた。かれは常に死を思い、虜囚の身となった自分に激しい羞恥《しゅうち》を感じていた。しかし、三年半にわたる捕虜生活で、自分の内部からはそうした激しい感情もうすらいできている。

かれは、口をとざす元特攻隊員を眼にするたびに後ろ暗さを感じた。米兵と接する間に、かれはいつの間にか敵国語である英語にも長じ、豊かな肉食をとっているため皮膚の色艶《いろつや》もよいし病気になったこともない。自分の体がアメリカの風土になれてきていることは、自分にとって堕落なのではないかと反省したりした。

特攻隊員をはじめ入所してくる者たちには、死の翳《かげ》がきわめて濃い。が、一カ月たち二カ月すぎるうちに、かれらは捕虜としての諦めの中に身をひたしてゆくのだが、一部の特攻隊員たちには、いつまでたっても他の者と同調する気配もない。

中村は、かれらが生きている死体なのだと思った。

九月下旬になると、捕虜たちに新たな作業があたえられた。それは、収容所の近くにひろがる綿畠《わたばたけ》の綿つみだった。

中村たちは、トラックを連ねて綿花畠へ行った。

農業学校を卒業した中村は、綿花についての一応の知識はもっていた。綿は開花してそれが散ると実を結ぶ。実が熟して外皮が割れると、その内部から綿花がはじけ出るようにのぞく。それを摘《つ》んで外皮と種をのぞけば、繊維に使われる綿花が得られるのだ。

日本内地でも極く少量は得られるというが、中村にとって綿花畠も綿の実も眼にするのは初めてだった。

畠は、果てしなくつづいていた。実は熟していて、畠一面に牡丹《ぼたん》雪の降りつもっているような白さがひろがっている。

「きれいだな」

と、若い兵が眼を輝かせた。

「綿つみは、戦時的作業ではないしな」

中年の兵が、苦笑しながら言った。捕虜たちの顔には、おだやかな表情がうかんでいた。樹木の伐採という単純な作業に飽いていたかれらは、だれも経験したことのない綿摘みに好奇心をいだいていたのだ。

捕虜たちは畠のへりに一列横隊に並べさせられ、米兵が、三メートルほどの長さのある袋を一つずつ渡していった。

「いいか、こういうようにやる」

作業指導にあたる米兵が、袋を股《また》の間に入れて畠の中に足をふみ入れた。かれは、熟しきった綿花の実を摘んでは袋の中に入れ、長い袋を引きずって進んでゆく。

捕虜の一人が、股ではさんで引きずる袋を男根にたとえて卑猥《ひわい》なことを口にした。捕虜たちの間に、笑い声が起った。袋を引きずる米兵は、揶揄《やゆ》する言葉とはわからず振向くと笑った。その表情に捕虜たちは一層笑い声をあげ、米兵たちも笑った。笑い声は、いつまでもつづいた。

作業時間は朝八時から午後三時までで、一日のノルマが二〇キログラムと定められた。

捕虜たちは、長い袋をひいて綿畠を進んでゆく。かれらは、綿の実をつまみとって袋の中へ投げ入れる。そして、袋が綿の実でふくれ上ると、大きな秤《はかり》に袋を吊《つる》して重量をはかった。そして、綿花は大きな袋に詰めこまれて、トラックで精製工場へと運ばれて行った。

捕虜たちは、早目に作業から解放されようと熱心に働いた。そのため午食時間をすぎた頃には、大半の者がノルマを終えてしまっていた。

そのことが、作業指導をする米軍士官を刺戟《しげき》した。かれは、作業を終えて休息をとる捕虜たちに反感をいだいたようだった。

かれは、ノルマの量を三〇キログラムにあげた。

捕虜たちは、さらに作業にはげみノルマを達成し、作業になれるにつれて定められた終業時刻のかなり以前に作業を終えるようになった。

米軍士官は、捕虜たちに余力があると判断してノルマの量を四〇キロ、五〇キロとあげて、遂には六〇キログラムのノルマを課すようになった。

中村たちは士官に抗議をしたが、

「日本人は、遊びたがる。それは断じて許さない」

と、士官は声を荒げて答えた。

綿摘みは、苛酷《かこく》な作業になった。実をむしりとるため指先は出血して赤くはれ、袋は重く股ずれにも悩むようになった。

作業の手をとめると、

「ジャップ、働くんだ」

と、怒声がとぶ。

米軍士官は、ノルマを果さない者を収容所に帰そうとはしない。午後三時と定められた終業時刻も無意味なものになって、綿摘みは日が傾いても終了しない。畠には、煌々《こうこう》とライトが照射されて、その中で捕虜たちは畠の中を匐《は》いまわった。

中村は、その士官の眼に日本人捕虜に対する激しい憎悪《ぞうお》がただよっているのを感じた。綿摘みの熟練者でも一日の量が四〇キロであるというのに、六〇キロのノルマを押しつけてくることは異常であった。短期間のうちに熟練者をしのぐ作業量をこなす日本人捕虜に対して、嫉妬《しっと》を感じているとも思えた。

中村は、その士官に戦場の濃い匂《にお》いをかぎとった。かれは、日本軍と戦闘を交え、その敵意がノルマの過重な増量になってあらわれているのかも知れなかった。

日本人捕虜の中には、重労働に対する反発から袋の中に石をつめこむ者もいた。そ

れが発覚すると士官は、

「ジャップはずるい。非常にずるい」

と、激昂《げっこう》して、その捕虜のノルマをさらに増加させた。

中村たちは、夜、トラックにのせられて疲れきった表情でもどってくる。収容所長にノルマの軽減を申し込んだが、かれは、すべてを作業指揮の士官に一任してあるからという理由で頭をふるだけであった。

十月上旬の或《あ》る夜、点呼をおこなうと中村の作業大隊に姿のみえない者のいることが判明した。それは、竹花という陸軍上等兵で、偽名を使っているため実名は不明だった。

中村たちは、かれが作業中に脱走したにちがいないと判断した。竹花上等兵のことを収容所側に報告すれば、すぐにかれらは探索を開始するだろう。竹花上等兵の脱走を成功させるためには、報告を出来るだけ遅延させる必要があった。

中村たちは、そのまま解散するとそれぞれのベッドにもぐりこんだ。

中村は、竹花上等兵のことを思った。かれが、綿畠で身をかくすことは比較的容易であったにちがいない。自動小銃を手にした米兵が監視してはいるが、生い繁《しげ》った綿のかげに身を伏し匐ってゆけば、監視兵の視線の外に出ることも可能である。

かれは、現在どこにいるのだろうか、と中村はベッドに横たわったまま想像した。夜空には、星が散っている。かれは、ほのかな星の光に明るんだ山道をたどり草原を歩いているのだろうか。

アメリカ人の住む大地の上を、かれは人目にふれずにどこへ行こうというのだろう。広大なアメリカ大陸には、かれ一人をひそませる無人の山岳地帯もあるだろう。かれは、そのような場所で生涯を終えようとしているのだろうか。

中村は、星空の下を歩いているだろう竹花上等兵が孤独な自由を感じているにちがいないと思った。ハワイからサンフランシスコに赴く途中船から身を投げた折の、海洋の中で味わったのびのびした気分がしきりに思い起された。

竹花上等兵の肩は、夜露にしめりはじめているかも知れない。かれは、脱走することによって得た解放感にひたりながら歩きつづけているように思えた。

翌朝早く、かれは米兵に起された。

「立花、来い」

米兵が、険しい表情で言った。

中村は、竹花上等兵の脱走が発覚したなと思った。部屋の者はベッドに横たわったままだったが、かれらは中村が身仕度をととのえるのをひそかにうかがっていた。

建物の外には、ジープが一台とまっていた。

かれが乗りこむと、ジープは夜の明けはじめた道を勢いよく走り出した。それは綿畠に通じる道だった。

「お前たちの友だちが、一人死んだ」

米兵は、言った。

中村は、米兵の横顔を一瞥《いちべつ》しただけで返事はしなかった。マッコイ収容所で脱走に失敗し射殺された鹿児島県出身の二人の水兵のことが思い起された。竹花上等兵も、監視兵かまたは逃走中に一般人に発見されて射殺されたにちがいない。

中村は、沈鬱《ちんうつ》な気分になった。

ジープは、朝の陽光にかがやく綿畠の道を疾走し、バラック建ての建物に近づいて行った。それは、綿花を計量して仮貯蔵する倉庫だった。

中村は、建物の前でおろされた。

「こっちへこい」

米兵は、かれを倉庫の中に導き入れて足をとめた。

中村の眼に、垂れている物がみえた。綿花の重量をはかる秤の鉤《かぎ》にロープが結びつけられ、そこに首を食いこませた人間が垂れ下っている。

上衣の背に、ＰＷという白いペンキの色が鮮やかに描かれているのが眼にとまった。中村は秤の傍《そば》に近づいた。竹花上等兵の眼が閉じられ、口が半開きにひらいて舌の先がのぞいている。秤の目盛の針は、垂れた竹花の体重そのままに六十三キロをさし示していた。

「この自殺者はだれだ」

と、米兵が背後で言った。

「竹花上等兵だ」

と、中村は、うるんだ眼をして答えた。そして、大きな箱を秤の傍に運ぶと、鉤に結びつけられたロープをはずした。遺体が、綿花の散ったコンクリートの上に落ちた。

かれは、白い布で遺体を包むとジープに運びこんだ。遺体はすでに硬直しはじめていて、爪先《つまさき》立った両足がジープの外に突き出ていた。

竹花上等兵は、ひそかに倉庫の中にもぐりこんで夜の間に縊死《いし》したのだろう。竹花上等兵は、物静かな性格の男だった。かれは、捕虜としての境遇を羞《は》じて、ひそかに死の機会をねらっていたのだろう。中村は、竹花上等兵の死が捕虜全体に共通して起り得るものだと思った。

遺体は収容所に運ばれ、米軍の手で火葬に付された。

その日、作業は中止になり、夕刻になって金属の缶に納められた遺骨が中村たちに手渡された。

作業大隊の重だった者が、収容所長のダーンズ大佐の部屋に招かれた。

「気の毒なことをした。私も悲しい」

と、大佐は言った。そして、部屋の中を数歩あるいてから中村たちに眼を向けると、

「作業は、少し厳しすぎたようだ。ノルマは四〇キロとし、それ以上はあげないようにする。綿花の収穫期も十月末で終る。それまで働いて欲しい」

と、言った。

中村たちは、無言で部屋を出た。かれらは、互いに口をきき合わなかったが、米軍側が竹花上等兵の死について誤解をしていることに気づいていた。米軍側は、その死が作業の苛酷さによるものと解釈しているらしいが、竹花上等兵は、作業の辛《つら》さに堪えられず自殺したのではない。虜囚の身であることを恥じて縊死したのだ。

ノルマの軽減が、中村たちから全員に伝えられた。が、捕虜たちに喜びの色はみられなかった。それは、一人の同僚の死を代価にして得た恩恵であったからだ。

翌日から再び作業がはじめられたが、作業指揮の米軍士官も監視する米兵も、その

態度にいちじるしい変化がみられた。かれらは、作業の手を休める日本人捕虜に怒声を浴びせかけることもなく、幾分おびえたような眼を向けてくるだけだった。そして、定時になると全員を集めてトラックに乗せ収容所へ送り帰した。かれらは竹花上等兵の縊死によって、日本人捕虜に対する畏怖《いふ》をいだいているようだった。

十月下旬になると、綿摘み作業もようやく終りに近づいた。

或る午後、畠で作業をしていると収容所の方向からジープがすさまじい勢いで疾走してくるのがみえた。そして、将校が降り立つと、全員の集合を命じた。かれは、あわただしくトラックに乗るよう指示し、トラックは収容所の方向に走り出した。

中村たちは、突然の作業中止をいぶかしんだ。帰所を命じられた意味が理解できなかった。

収容所の近くにゆくと戦車が営門の外に停っていて、さらに鉄条網の外を砂埃《すなぼこり》をまき上げて移動する戦車も眼にうつった。

中村たちは、不吉な予感にとらえられた。米軍側は、なにかの理由で自分たち全員を殺すのではないだろうかとも思った。

しかし、一人の捕虜の口にした言葉に、中村たちは眼を輝かせた。

「日本軍がくるんだ。上陸したか、それとも落下傘《らっかさん》で降下したかどちらかだ。敵は、日本軍が収容所内のおれたちを救出することをおそれて戦車を出動させたのだ」

たちまちトラックの幌《ほろ》中には、興奮した声が交差し合った。

トラックは勢いよく収容所内にすべりこみ、全員が建物内に連れこまれた。

窓から外をうかがうと、いつの間にか土塁に多くの機関銃が据えつけられている。士官も兵もすべて鉄兜《てつかぶと》をかぶって、あわただしく往《い》き来しているのがみえた。

カリフォルニア州は、太平洋に面している。日本軍がアメリカ大陸に上陸作戦を敢行するのには、最も適当な地域であることはあきらかだった。

捕虜たちの眼には、激しい戦意が湧《わ》き上っていた。友軍がアメリカ大陸に来攻すれば、それに呼応して日本人捕虜は蜂起《ほうき》する。虜囚としての汚名をそそぐためにも、かれらはその機会を長い間待ち望んでいたのだ。

収容所長のダーンズ大佐が、部下を伴って建物の外に来た。そして、中村たち重だった者を呼び寄せた。

大佐の説明は、中村たちの期待に反したものだった。

東京初空襲をおこなったノースアメリカンB25十六機によるドウリットル隊の飛行士の一部が、日本軍に捕虜になり、そのうち七名が死刑に処せられた。その報は、収容所のあるココーランの町民の間にも伝わったが、町民はいつの間にか収容所内に東京初空襲を企てたアメリカ機動部隊を発見し捕えられた中村たち旧「長渡丸」乗組員がいることをつきとめた。

町民は激昂して、アメリカ飛行士の処刑に対する報復として中村たちを殺害しようという声がひろがるようになった。

不穏な空気は数日前からきざしていたが、昨夜あたりから急激にたかまって、ライフルやピストルを手にした町民が町の各所に集まりはじめたという。

「暴動が起きます。いや、すでに起きています。町の警察は無力で、州当局に連絡もとりました。われわれは、必ずあなたたちを守りますが、あなたたちは決して建物の外に出てはいけません。町の警察からの報告では、日没後に町民が押しかけてくるだろうと言っています。私たちは、六台の戦車によって守ります」

日系米兵が、ダーンズ大佐の言葉を通訳した。そして、中村たちに建物の中へ入るよう指示すると、あわただしく司令部の方へもどっていった。

中村は、町民たちが殺害しようとしている対象が、自分をふくめた監視艇「長渡丸」乗組みの生存者五名であることを知った。アメリカでは、リンチの習慣が根強く残っているという。それは、多数の人々による私的制裁で、男だけではなく女も参加するという。

話をきき伝えたらしく、一機曹手賀義男、一水堀江吉蔵、二水大沼健一、予備三機兵伊藤則夫が中村のもとに集まってきた。かれらの顔は、こわばっていた。

中村たちは、顔を見合せたが話すことはなにもなかった。自分たちを殺害するために暴徒が押し寄せてきて収容所の守りが破られれば、他の日本人捕虜に災いがふりかかるおそれは十分にある。それは、中村たちにとって苦痛であり、防止しなければならないことであった。

手賀たちの顔にも、最悪の場合には身を投げ出さねばならぬという決意の色が濃くうかんでいた。中村たち五名の者が自ら命を断てば、暴動はたちまちのうちにしずまるだろう。

捕虜たちが、中村たち五名の傍に集まってきた。

或る捕虜は、言った。

「敵の中型爆撃機は、非戦闘員を銃爆撃で殺傷したのだ。死刑にされるのは、当然だ。それとは異《ちが》って中村さんたちは、ただ敵艦隊を発見しただけだ。それを殺そうとして暴動を起すなどとは、理屈に合っていない。攻めてくるなら、おれたちも戦う。毛唐に負けてたまるか」

憤《いきどお》りをふくんだその言葉に、他の捕虜たちも同調した。

建物の内部の興奮はたかまって、その対策について真剣に討議が交わされた。

収容所側で戦車六台と機関銃多数を用意して防備をかためていることを考えると、暴徒の数は多く、武器も多量に携行しているらしい。そして、群集心理から狂乱状態になって収容所に殺到してくることが予想された。

それを収容所側が防止できるかどうかは、きわめて疑わしい。戦車六台を動員しても、それは威嚇《いかく》の意味しかなく、かれらが自国民に対して発砲することなど決してあり得ない。暴徒は容易に収容所内になだれこんでくるだろう。かれらには中村たち五名の監視艇隊員を識別することができるはずはない。かれらは、手当り次第に日本人捕虜をリンチにかけて殺害するだろう。

捕虜たちは、暴動が中村たち五名の者に係《かか》わる問題ではなく、捕虜全員の問題であるという結論を下した。

日が、没した。

収容所にはサーチライトが放たれ、鉄条網の外に配置された戦車が黒々とみえる。その彼方《かなた》にココーランの町の灯がひろがっていた。

作戦計画が練られ、暴徒が来襲したら全員一致して戦うことに決した。日本人捕虜は素手なので、突進すればたちまち銃撃を浴びる。それによって百名程度は射殺されるだろうが、その間に暴徒の中に突入して武器を奪うことは可能だと推定された。

暴徒とちがって日本人捕虜は、銃の操作にも長じ戦場体験も豊かな者ばかりだ。たちまち捕虜たちは、ココーランの町民を圧迫し多くの武器を手に入れて身を守ることができるはずだった。

見張り員を窓際《まどぎわ》につけて、捕虜たちは衣服をつけたままベッドに入った。外部に異常がみられた時は、全員が秩序正しい集団行動をとることに定められた。

深い静寂が、収容所をつつみこんでいた。窓際に立つ見張り員は、交代で終夜監視をつづけた。

ココーランの町の灯が、夜の更《ふ》けるにつれて減っていった。無気味な夜がすぎ、町の灯が薄れて空が青ずみはじめた。収容所の建物にも朝の陽光がさしてきた。

捕虜たちは、匆々《そうそう》にベッドからはなれると、窓の外をうかがった。戦車の砲口は町にむけられていたが、なんの異状もみられなかった。

米軍将校がやってきて、町民が収容所に来襲する危険は一応去ったことを告げた。各地から警官隊が町に入って、随所に集まっていた町民を解散させ、不穏な空気もうすらいだという。

しかし、警戒は続行され、日本人捕虜は作業を中止して建物の外に出ることをかたく禁じられた。

捕虜たちは、その夜も翌日の夜も夜を徹して見張りをつづけ町民の来襲にそなえた。また収容所側でも戦車をそのままとどめて、夜間も警戒態勢をゆるめなかった。

冬の季節を迎えた。

野外作業は中止されたままになり、捕虜たちはなすこともなく過した。

ココーランの町の空気も平静に復したというので、収容所の構内で野球や相撲がおこなわれるようになった。

晴れた日には、米軍側から提供された電気バリカンで散髪する風景がみられた。理髪師の免状をもった者も多く、かれらはなれた手つきで髪を刈ってゆく。中には髪をのばす者もいたが、中村は毬栗頭《いがぐり》に刈ってもらった。

平穏な日々が過ぎていった。

六

昭和二十一年四月、ココーラン収容所の日本人捕虜約三千名は、列車でサンフランシスコに移動させられた。そして、そのまま港に連れてゆかれると、三隻《せき》の輸送船に乗せられた。

捕虜たちに行先は告げられず、どこか南の島かニュージーランドあたりに運ばれて飛行場の設営作業をするか、それともアフリカにでも連れてゆかれるのではないかと か、さまざまな臆測《おくそく》が交わされた。

しかし、かれらは、

「どこへでも連れて行け」

と、口々に言い合っていた。長い捕虜生活を送って絶望的になっていたかれらは、半ば自棄《やけ》気味になっていたのだ。

輸送船が、つらなってサンフランシスコを出港した。

中村一水は、手賀一機曹ら旧「長渡丸」乗組員と遠ざかる陸地をながめていた。その土地は、ハワイからサンフランシスコに上陸して以来、四年間近くを送った敵本国の大陸だった。

大陸ですごした歳月は、長いようでもあり短いようでもあった。ローズバーグ、マッコイ、ココーランの各収容所を転々とした生活は、やはり虜囚の身として屈辱と羞《しゅう》恥《ち》にみちたものだった。

自分のまわりには、常にPWという白ペンキの文字があふれ、船上に乗ってからもその事情に変化はない。指でもみ消して文字を薄れさせても、その都度米兵はPWという文字を背中に描き直すのだ。

中村は、薄れてゆくアメリカ大陸の間にひろがる海の輝きに眼を据えた。死への誘惑が、かれの胸の中に再び強く湧《わ》いてきた。

かれは、日本軍がアメリカ大陸に上陸作戦を展開することをねがって虜囚の身としての生活に堪えてきた。が、大陸ですごした四年間近くの間に、その希望は実現せずに終った。

沖縄陥落後の戦況が全く耳に入ってこなくなってから、すでに八カ月が経過している。

沖縄失陥は日本側にとって好ましくないことにちがいなかったが、その後日本軍は、沖縄で捕えられた者たちの予言通り総反撃に転じているのかも知れない。

捕虜たちの間には、新しい入所者が絶えたことから戦局が日本側に有利に展開しているのではないかという空気が支配的になっていた。が、大半の者たちの胸の中には、日本が不利な立場におちこんでいるような危惧《きぐ》もひそんでいた。

中村は、海軍軍人として海での死を覚悟し、その死を本望と考えていた。四年ぶりに眼にする海の色に、かれは再び海中に身を投じたい欲望に駆られていた。

しかし、かれは自分の周囲にいる者たちの姿を眼にしているうちに、死への誘惑が薄らいでゆくのを意識した。ＰＷという文字を背負っているかれらは、その文字を背にする屈辱感に堪えながら生きつづけてきている。かれらも、それぞれに自ら命を断つことを考え、辛うじて死を思いとどまっている者たちばかりなのだ。

死は、かれらにとってむしろ容易であり、生きることの苦悩の方が大きい。が、かれらは、死ぬこともできない立場にある。捕虜の身であるまま死ぬよりも、なにかその死を飾るものを得ようとしている。かれらは、なにかを期待しているのだ。それがなんであるかは、かれらにもわからないが、かれらは、死のきっかけをあたえてくれるものを待ち望んでいる。

中村は、海の輝きを見つめながら、もう少しかれらとともに生きてみようと胸の中でつぶやいた。

日が没し、そして夜が明けた。

気温は徐々に上昇して、船が予測通り南の島かニュージーランド方向にむかっていると想像された。

中村たちは、親しい監視兵たちに行先をたずねてみたが、かれらは険しい表情をして口をつぐんでいた。

監視兵は、乗船してから異常なほど神経をたかぶらせているようだった。各船には、日本人捕虜約千名ずつが乗船している。監視兵たちは、船内で不祥事が発生するのを恐れているらしくかたい表情で部署からはなれることもない。高所には自動小銃を手にした兵が眼を光らせ、また輸送船の両方向には、二隻の駆逐艦が白い航跡をひいて並航してきていた。

サンフランシスコを出港してから五日後に、水平線上に島影がみえた。

気温は高く、海は南海特有の青さに輝いていた。甲板上にひしめく捕虜たちは、口々にその島の所在について意見を交わし合っていたが、だれの口からともなく、

「ハワイだ」

という声が起った。

島の緑は濃く、椰子《やし》の樹《き》も遠くみえる。中村も、その島がハワイ諸島の一部だと思った。

捕虜たちの推測は当っていた。船は、中村にも見覚えのあるホノルルの港に入ってゆく。美しい緑の中に、市街の建物が白く輝いてみえた。

埠頭《ふとう》には自動小銃を手にした米兵が並び、捕虜たちは銃口を突きつけられてトラックに乗りこまされた。

中村は、ふとハワイが思ったよりも平穏であることに気づいた。かれが四年前に捕えられた時には、なんとなく戦場に近いという緊迫した空気がはらんでいた。が、トラックの後方に流れてゆく市街には、のどかな静寂がひろがっている。

「おい、みろ」

捕虜の一人が、ホロの窓を指さした。

「真珠湾だ」

他の者が、言った。

中央の島のかたわらに、赤い船底をさらした数隻の沈没船がみえる。

「本当に真珠湾はやったんだな。ざまをみろ」

若い捕虜が、はずんだ声をあげた。

しかし、中村は表情を曇らせた。四年前、かれの眼にした真珠湾には惨澹《さんたん》とした光景がひろがっていた。横転した艦やマストだけを突き出して沈んでいる艦などが重なり合って、それは屑鉄《くずてつ》の集積のようにみえた。が、いつの間にかそれらは引き揚げられたり解体されたらしく、わずかに数隻の船の残骸《ざんがい》しかない。

四年の間にそのように沈没した艦の処分をおこなうことができたのは、アメリカ軍側に戦闘の余力が生じているためにちがいなかった。

収容所は、四年前とは異なって規模も大きく拡張されていた。そこも鉄条網と数個の監視哨《しょう》によって、完全に外部と遮断《しゃだん》されていた。

捕虜の中にはハワイに連れもどされたことをいぶかしむ者もいたが、それは他の者の声によってすぐにかき消された。……ハワイは、アメリカ側にとって太平洋上の中心地である。日本人捕虜をまずハワイに集結させ、南海の島々やオーストラリア方向に移動させるのだろう。つまりハワイでの収容所生活は、その前提にすぎないというのだ。

それを裏づけるように、ハワイに来てからは作業らしい作業は命じられなかった。鉄条網の外に出ることは全くなく、捕虜たちは兵舎の外板や壁のペンキ塗り作業をあたえられるだけでそれも短時間で終了する。

捕虜たちは、退屈な時間を持て余すようになった。

暑熱がたかまってきたが、空気は澄んでいるので苦痛はなかった。それに、収容所内の施設が整えられているため生活上にはなんの不自由もなかった。

軽作業に従事するだけでも軍票が支給され、捕虜たちは誘い合ってPXに行く。ラッキーストライク、キャメル、アボロン、ペルメルなどの煙草《たばこ》が十セントで買え、巻煙草のダハムを愛用する者もいた。

かれらは、野球や相撲に興じ、軍票を賭《か》けてはトランプをしたりしていた。

中村たちは、収容所内に閉じこめられていることが堪えられず、収容所側に所外での作業を申し出た。が、収容所側からの答えは、「ノー」であった。ハワイには、日系人が多数住んでいる。収容所側としては、日本人捕虜がそれらの日系人と接触する機会をあたえることを恐れているようだった。

捕虜たちの無聊《ぶりょう》はつのり、それがかれらの神経を苛立《いらだ》たせた。

八月に入った頃、中村の大隊内に険悪な空気がはらむようになった。

捕虜の中には、硫黄島の飛行場設営に徴用された軍属多数が混っていた。かれらの中には、背中や腕に刺青《いれずみ》をした者が多く気性も荒い。かれらは作業にも不熱心で、自然と陸軍や海軍の兵たちがその不足分をおぎなうことになっていた。

軍属たちは、そうした兵士たちを冷笑し、些細《ささい》なことを理由に殴打したりすることもあった。

やがて兵たちの憤懣《ふんまん》が限界に達し、或《あ》る夜、軍属との間で激しい口論が起った。軍属は、

「お前ら銃をもつ者が腰ぬけだったから、おれたちは捕虜なんかになったのだ。無敵陸軍、無敵海軍などどこにあるのだ」

と、罵《ののし》った。

兵たちも、

「きさまらが、飛行場を早く作り上げなかったから戦況が不利になったのだ。きさまらは、一人前の土方じゃない」

と、反論した。

感情がたちまち激して、軍属が兵の一人を殴りつけたことがきっかけになって入り乱れての争いになった。軍属は棒を手に兵を殴り、血だらけになって倒れる者が続出した。

報《しら》せを受けた中村は急いで現場に駆けつけると、必死になって仲裁した。

「おれたちは、同じ血をわけ合った日本軍人じゃないか。敵国にあって争うことは日

本人のすることではない」

かれは、叫びながらかれらを制止した。

ようやく争いはやみ、中村は負傷者を救護所へ運ばせた。

軍属たちは、部屋を出て行って、収容所内には平穏な空気がもどった。が、その日の深夜、兵たちが報復のため軍属たちの部屋を襲ったことから再び乱闘が起った。

中村は、すぐにその場へ駆けつけたが争いはすさまじく、仲裁に入ったかれは周囲から激しく殴打された。かれの鼻からも口からも血がふき出た。

「指揮官づらしやがって」

「きさまも捕虜にすぎないくせに」

「敵の英語なんかべらべらしゃべりやがって」

などという罵声《ばせい》が自分に浴びせかけられるのを、中村は殴打されながらきいた。

しかし、かれは血だらけになりながら、

「おれたちは、日本人だ。日本人同士だ、やめろ、やめろ」

と、叫びつづけた。

やがてかれは、棍棒《こんぼう》で強打されて昏倒《こんとう》した。

意識をとりもどしたかれは、病室のベッドに寝かされていることに気づいた。体中に激しい痛みが湧き、顔が火照《ほて》っている。眼は細くしかあけられず、顔は大きく膨れ上っていた。

「指揮官づらしやがって」

という罵声が、かれの胸にしきりによみがえってきた。かれは、捕えられた直後米軍から渡された私物袋に№2という数字を見出《みいだ》し、日本人の捕虜第二号であることを知った。さらにその後マッコイ収容所に移送された時、№1から8までが士官で、かれは下士官・兵として最古参の№9の捕虜として記載された。

いずれにしても、かれの捕虜生活はきわめて長く、その間に自然と英語にも堪能《たんのう》になっている。むろんかれよりも上級者の下士官は多く、指揮者としての任はかれらに委《ゆだ》ねるべきであった。が、どの収容所でも、米軍側は会話も巧みなことを重宝がってかれに指揮者になるよう命じるのが常であった。

一般の兵たちは、自分が指揮者となっていることを不満に思っていたのだろうか。そのためかれらは、自分を殴り罵倒したのかも知れない。

しかし、戦争が終って捕虜たちが軍法会議に付された場合、最も重い刑を科せられるのは指揮者であるはずだった。敵側と協調し、捕虜たちに作業を強いたという罪状も科せられるにちがいない。指揮者は、そうした不利な立場に立たされることにもなるのだ。

これでいいのだ、とかれは思った。自分は、捕虜の身として再び祖国の土をふむことはない。もしも捕虜であることが知れれば、母をはじめ肉親は世の非難を浴び自ら命を断つにちがいない。母や肉親のためにも捕虜であることはかくし通さねばならないし、それが発覚するおそれが生じた折には自殺する覚悟もいだいている。他の日本人捕虜も事情は全く自分と同じで、かれらは死の機会を待つ人間の集団にすぎないのだ。

中村は、かれらとともに流れてゆこうと思った。いつの間にか堪能になった英会話を駆使して、かれらのためにつくすことが自分に課せられたつとめであると感じた。

病院内では、看護婦がキャラメルや煙草を持ってきてくれる。

「あなたは勇気のある人だ」

と、顔一面に産毛《うぶげ》のはえた看護婦が微笑して慰めてくれたりした。

五日後に退院すると、乱闘した軍属と兵の重だったものが中村のもとにやってきて、和解したことを告げた。中村は、そのことを耳にしただけで十分だった。いつかは自ら命を断たねばならぬ自分たちには、互いに寄り添うような感情がなければならないはずだった。

所内には、どこからともなく衣類や敷布がトラックで運びこまれてきていた。捕虜たちはクリーニング場で洗濯し、アイロンをかけた。

中村は、五十名ほどの者とともにアイロンかけに従事したが、そこにはアメリカの若い洗濯婦も来ていた。

或る日、午食の休憩時間がすんで点呼をとると、一人の兵の姿が見当らなかった。かれは所内を探しまわり、衣料倉庫の中に入った。

かれの眼に、二個の頭部がみえた。近づいてみると、兵がアメリカの若い洗濯婦と毛布にくるまって身を横たえている。兵は女の胸に顔を埋め、女は顔をのけぞらせていた。

中村が声をかけると、兵がはね起きた。

「点呼がはじまっている。早く行こう」

中村は、先に立って倉庫の外に出た。

やがて兵が、気まずそうな表情で姿をあらわした。

中村はその兵を連れてもどると、監視兵に、

「厠《かわや》へ行っていたのでおくれた」

と、弁明した。

監視兵は、黙ったままうなずいた。

暑気がやわらいで、空気に花の香が濃くただようようになった。ハワイへ来てからすでに六カ月が経過していた。

昭和二十一年十月下旬、米軍から支給されていた軍票がドルに引きかえられた。収容所側の説明では、日本軍捕虜三千名の移動が決定したためだという。

中村が自分の軍票を整理してみると、四八〇ドルを越えていた。

輸送は三便にわけられ、それぞれ千名ずつが一隻《せき》ずつの商船に乗せられることになった。中村は二便で、サカマキ少尉《しょうい》たちは一便だった。

収容所内の動きは、にわかにあわただしくなった。そして、匆々《そうそう》に第一便の者がハワイをはなれることになった。

中村は、サカマキ少尉のもとを訪れた。捕虜は三区分されて別々の方向に送られるらしい。ハワイを最後に再びめぐり会うことはできないことが十分に予想された。

サカマキは、中村の手をかたくにぎりしめた。

「体を大切に……」

サカマキは、中村の顔を見つめながら言った。

その日の午後、サカマキ少尉たち約千名の捕虜は、手をふりながらトラックに分乗して収容所を出て行った。

翌日、中村たちは、私物袋を手に整列した。

かれは、ふと些細なことに気づいた。自分をふくむ捕虜たちの背のPWという文字は、かなり薄れてしまっている。それは、捕虜たちがその文字を嫌って指でもみ消してしまうのだが、移動のたびに厳しい点検を受けて新しく白ペンキで塗り直されてしまう。が、収容所側では点検もせず描き直そうともしない。おそらく米軍も執拗《しつよう》に文字を消す捕虜たちの行為に呆《あき》れて、再び塗り直すことを諦《あきら》めたのだろう、とかれは思った。

やがて点呼を受けた後、中村たちはトラックに乗せられた。三便の船に乗る予定の手賀たちは、

「信号長、元気で……」

と、しきりに手をふっている。中村も手をふった。かれらと会うのは、これが最後かも知れぬと思った。

トラックが連なって舗装路を走り、埠頭《ふとう》に到着した。桟橋には、デンマーク船籍の一〇、〇〇〇トン級の商船が横づけになっていた。

捕虜たちは、梯子《はしご》をつたわって船内に入り、その後から多くの監視兵が自動小銃を手に乗りこんできた。そして、船内で、ラッキーストライク、キャメル各十個とハム十個が支給された。

午後、商船は錨《いかり》をあげてハワイをはなれた。

捕虜たちの関心は、船の行先だった。三千名という日本人捕虜は大きな労働力になる。米軍は、捕虜に六カ月間ハワイ収容所で休息をあたえた後重労働を科すにちがいなかった。

「どこへ連れてゆくのだろう」

と、中村たちは不安そうに顔をしかめた。かれらは、漂泊の民に似ていたが、居心地のよい場所に赴きたいことに変りはなかった。

海が荒れ、そして凪《なぎ》がやってきた。

日を重ねるうちに、気温が徐々に低下しはじめた。捕虜たちは、顔を見合せた。船は、南方へむかっているのではないらしい。再びアメリカへ逆送され、ウイスコンシン州のマッコイ収容所にでも行くのだろうという者もいたし、アラスカのダム建設工事に従事するのだと言う者もいた。

捕虜たちは、船内で手製の将棋や碁の盤をかこんだり、トランプで花札をしたりしていた。

気温はさらに低くなり、私物袋から下着を出して着込む者も多くなった。季節は十一月を迎えアメリカ大陸も冬の気配が濃いはずだったし、捕虜たちはアメリカの北部海岸に船がむかっていると信じるようになった。

十一月五日の夜が明けた。

目ざめの早い者たちは、ベッドから匐《は》い出してトランプをやっている。機関の音が、船内に重々しくひびいていた。

突然、甲板の方向から為体《えたい》の知れぬ絶叫が起った。叫び声が交差し、あわただしく走る足音もしている。

船内にいた者は体を硬直させ、ベッドに寝ていた者は身を起した。

ふと、中村の耳に、

「富士山だ、富士山だ」

というかすれた叫び声がきこえた。

中村は、口を半開きにした。心臓の鼓動が一瞬停止するのを意識した。船内の者たちが、無言で走り出した。中村も、後を追った。

階段を駈けあがってみると、甲板上には多くの者が狂ったように走り、わめいている。

　かれは、見た。白雪をいただく富士が、海の彼方《かなた》に突き出ている。澄みきった朝空を背景に、それは美しい姿を浮び上らせていた。

　かれの頭は、激しく混乱した。たしかにその山容は、艦上生活をしていた頃洋上からしばしば眼にした富士山にちがいなかった。富士山を眼の前にみているということは、船が祖国日本に近づいていることになる。

　なぜ船は、日本に向っているのか。

「勝ったんだ、勝ったんだよ」

　と、一人の捕虜が、他の者の同意を求めるように叫んだ。

「そうだ、勝ったんだ、勝ったんだ」

　たちまち周囲にうわずった声が起った。

　その時、富士山の方向に点状の機影が湧《わ》いた。そして、それは、かすかな爆音をあげて近づいてくる。

「友軍機だ」

　という声がした。

　ジュラルミンの機体が光り、機は高度を下げると翼をかしげた。そして、船の上空を大きく旋回すると機首をかえした。

船上に悲痛な声がもれた。中村の眼にも、日の丸ではない星のマークがその機の翼に描かれているのがとらえられた。

「負けたのか。おい、どうなんだよ、中村さん」

捕虜の一人が、顔をはげしく歪《ゆが》ませて中村の肩をゆすった。

中村の眼から、涙が一時にあふれ出た。かれは、肩をゆすられながら声をあげて泣いた。

甲板上にいる捕虜たちが崩れるように膝《ひざ》をつき、顔を伏した。ＰＷという文字の記された背が波打ち、激しい号泣がかれらの間からふき上った。

拳《こぶし》を床にたたきつけて、

「畜生、畜生」

と叫んでいる者もいる。

「バカヤロー」

と、海にむかって叫びつづける者もいた。

嗚咽《おえつ》は、いつまでもやまなかった。中村は、膝をふるわせながら辛うじて立っていた。

祖国は、敗れた。夢想だにもしていなかったことであった。それにしては余りにも海は美しく、富士山は清らかな美しさをたたえている。

かれは不思議なものでも見るように富士山をながめた。

甲板に膝をついていた者たちが、放心したように立ち上った。

洋上に、漁船がみえてきた。中村たちは、反航してゆくその船と漁師らしい男に眼を据えた。

監視兵の指示で、船内放送をきくようにと言われた。

スピーカーから米軍指揮官の声が流れ、通訳された日本語がそれにつづいた。挨拶《あいさつ》は簡単で、

「私たちは、無事にあなた方を日本へ送りとどけることができました。御健康を祈ります」

と、述べただけで、依然として日本の敗北については口にしなかった。

陸地が、迫ってきた。中村にとって、それは四年半ぶりにみる祖国だった。生きて再び見ることはあるまいと諦《あきら》めていた日本だった。

噴煙を吐く大島の近くを過ぎると、右手に房総半島、前方に三浦半島が近づいてきた。なんとなく陸地は生気が失われ、静まりかえっているように思えた。

船が浦賀水道に入り、観音崎をまわった。なつかしい横須賀軍港が左手にみえてきた。が、港内には日本の艦艇はなく、アメリカ国旗をつけた艦船の姿しかみえなかった。

負けたという実感が胸の底に定着し、かれはうつろな気分になった。

船が田浦岸壁に横づけになった。捕虜たちは、つらなって桟橋に降り立った。中村は、大地をふみしめた時、それがひどく硬いように感じられた。その感覚は、異常だった。土が、自分の足に反発しているように思った。

中村たちは、無言で広場に整列した。そして、そこからトラックで久里浜に送られた。そこには大きな兵舎が建ち並んでいた。

兵舎の中には、復員局の係員が待っていた。上方から紙が垂れていて、そこに都道府県名が墨書されている。かれは、岩手県と書かれた紙を見出すと、その下に置かれた机の前に恐る恐る近づいていった。

「ごくろうさまでした」

眼鏡をかけた五十年輩の男が、顔をあげた。そして、鉛筆をにぎると、

「お名前は?」

と、言った。

中村は、一瞬ひるんだ。捕われてから、かれは立花二郎で通してきた。それは、虜囚の辱《はずか》しめを受けずという軍律と、家族に災いをあたえたくなかったからだ。

男の眼にやわらいだ光がうかんだ。その眼の光は、捕虜になって帰国してきた多くの者たちを扱うことになれ、中村のためらいを十分に理解していることをしめしていた。

「心配はないんです。戦争は終ったのです。陸・海軍は解体されましたし、捕虜であったことも罪にはなりません。本名を言って下さい。家族の方も待っています」

男は、鉛筆を置いて中村の顔を見つめた。

その吏員の言葉に岩手訛《なま》りのあることが、中村の不安をやわらげた。

かれは、思いきって言った。

「中村末吉」

吏員は、鉛筆をとり上げた。

その時から、復員手続きがはじまった。中村は、うつろな表情で吏員たちの指示にしたがって他の者たちと移動した。

大きな浴場で、体を洗った。そして、浴場から出ると、ＰＷという文字の書かれた衣服を脱ぎ捨て、支給された旧陸軍の軍服に着かえた。かれは、足元の捕虜服を見つめた。それは脱け殻のように皺《しわ》が寄っていて、ＰＷという文字もゆがんでいた。

兵舎に、電燈《でんとう》がともった。

捕虜たちの顔には肉親に会える喜びと同時に、捕虜の身としてどのような態度で迎え入れられるかという不安の色が複雑にまじり合って浮んでいた。

吏員にでもきいたのか、第一便の船に乗っていた一人の士官が自殺したという話がつたえられた。その士官は、洋上に富士山の姿を見出した直後、海中に飛びこんで水死したという。「生きて虜囚の辱しめを受けず」という軍律がかれに死を決意させ実行させたことはあきらかだった。

重苦しい空気が、兵舎内にひろがった。かれらは、夜遅くまで寝つかれないようだった。

翌朝、中村は、沼宮内《ぬまくない》までの列車の乗車券と毛布一枚を手渡された。吏員は列車の時刻表をしらべ、留守家族に電報を打ってくれると言った。そして、手持ちのドルを円に替えるように指示した。

かれがポケットから四八二ドルの金を出すと、米軍下士官が無造作に紙幣の束を渡してくれた。

かれは、呆気《あっけ》にとられた。生れてから二十円紙幣をみたことはあるが、百円紙幣を眼にしたことはない。が、かれの手には百円紙幣の厚い束がつかまれていた。

かれが紙幣を数えてみると五百枚近くあった。かれの胸は熱くなった。五万円の金があれば、農業学校で専攻していた果樹を栽培する広い敷地を買えるし立派な家も建てられる。足が宙に浮いているような喜びが湧いた。

復員手続きは、すべて終った。

かれは、門の外に出た。今までは自動小銃を手にした米兵が常につきまとってはなれなかったが、監視する者は一人もいない。旧陸軍の軍服をつけた元捕虜たちは、無言で田浦駅の方へ歩いてゆく。それは、ひどく孤独な姿にみえた。

久里浜線に乗って横浜の駅についた時、かれは空腹を感じて駅弁売りに声をかけた。弁当を受けとっていくらだときくと、三十円だという。かれは、聞きまちがえだと思った。かれの知っている弁当の価格は、二十銭か三十銭だった。

「三十銭じゃないのか」

と、かれがきくと、

「三十円だ」

と、駅弁売りは蔑《さげす》んだように苦笑した。

中村は、啞然《あぜん》として百円紙幣をさし出し七十円の釣銭を受けとった。かれは、その瞬間、果樹園も立派な住宅も持つことは不可能だということをさとった。

弁当をあけてみると、中には薩摩芋《さつまいも》が入っているだけだった。かれは、索然としながらも日本が国力を使い果して破れたことを実感として意識した。

横浜から東京へ向うにつれて、焼け跡が所々に残っているのが眼にふれてきた。新しい家も建ってはいるが、それはひどく安手なものにみえた。

上野駅から、青森行きの列車に乗った。かれは、顔をしかめた。惨《みじ》めな列車だった。窓ガラスはなく、板が打ちつけてある。それに車内には、リュックサックを手にした貧しい服装の人間たちがひしめいている。異様な臭《にお》いが立ちこめていて、網棚の上にも人間が寝ていた。

中村は、かれらの眼を恐れた。もし捕虜の身であったことが知れれば、かれらに、

「お前のような奴《やつ》がいたから、日本は負けたんだ」

と、罵倒《ばとう》され殴打されるような気がした。

かれは、身をすくめてデッキの近くに立っていた。

福島を過ぎた頃から、車内は少しずつ空《す》いていった。かれは、通路に入ったが、そこにも新聞紙を敷いて寝たり坐《すわ》ったりしている男や女がいる。かれらの表情は一様に険しく、その眼は落着きなく光っていた。

中村は、かれらが自分の知っている日本人とは全く異なった人種のように思えてならなかった。老人が疲れたように立っているのに、若い男たちは席をゆずろうともしない。女は、子供を抱き上げて窓から排尿させる。日本人の心は荒《すさ》んでしまった、とかれは思ったが、その責任は軍籍にあった自分たちの負わねばならぬものだとも感じた。

仙台を過ぎてから、漸《ようや》く席に坐ることができた。周囲に坐っている人たちは、切り刻んだ煙草《たばこ》の葉を紙に巻いてすっている。

中村は、ハワイで支給されたラッキーストライクをとり出すと、

「おのみなさい」

と、一個ずつ手渡してまわった。

男たちは、呆気にとられて受けとり、それから礼を言った。中村のもっていた二十個の煙草は、三個しか残らなかった。

列車は、一駅ずつ丹念に停車してゆく。中村は、割れたガラスの窓から田畠《たはた》をながめていた。

列車が、花巻を過ぎた。

かれの内部には、次第に重苦しいものが湧いてきた。故郷へ帰るのが恐ろしいこと

に思えてきた。もしかすると自分は戦死扱いにされているかも知れないし、突然帰郷すれば郷里の人々は愕然《がくぜん》とし、捕虜であったことがたちまち近隣にひろがるだろう。戦争は敗戦という形で終了し、軍隊も解散されているというが、捕虜であったという汚名は消えはしない。かれは、故郷の人々の眼が恐ろしかった。

日本のどこかで身をひそませて暮すべきかもしれない、とかれは思った。自分は、すでに死んだも同然の身であり、故郷に帰れるような人間ではない。捕虜であったということは、恥辱にみちた前歴として老いた母をはじめ妹や親族たちを苦しめるだろう。

どこかへ行ってひそかに暮そう、とかれは窓外を見つめながら胸の中でつぶやいた。列車が、盛岡の駅にすべりこんだ。下車しようとかれは腰を上げかけたが、ふと或《あ》ることを思いついて坐り直した。

岩手山がみたかった。車内からでもよいから、故郷の沼宮内の家並みも眼にしたかった。収容所生活を送っている間、かれは岩手山と沼宮内の町を何度思い起したか知れない。それは、かれにとって祖国の象徴でもあった。

沼宮内には下車せず通りすぎよう。そして、青森から北海道へでも渡って暮そう。かれは、動き出した列車の窓外を後ずさりしてゆく盛岡市街をながめながら思った。

好摩《こうま》の駅が近づいた頃、かれは眼を大きくみはった。岩手山はすでに雪におおわれていて、傾きかけた陽光に美しく輝いている。

かれの内部に凍りついていたものが、たちまちのうちに融解していった。岩手山が、かれの体を温かく抱いてくれるのを意識した。かれは、屈辱にたえながらも、あの山を見ながら暮そうと決意した。

列車が、沼宮内の駅についた。

かれは、ふるえる足でフォームに降り立った。列車の中に逃げこみたかった。が、かれは、岩手山を見ながら生きるのだ、と強く自分に言いきかせた。

列車が、動き出した。かれは、足をふみしめてフォームに立ちつくした。列車にとびのりたいという衝動が、かれの内部に渦巻いた。

列車は、去った。かれは、石のように動かなかった。

走ってくる数人の者がいた。

かれは、荒々しく腕をとられた。背を押されるようにして改札口を出た。

「中村末吉、バンザイ」

親戚《しんせき》の家村という老人が、両手をあげて叫んだ。

警官が、走ってきた。

「やめろ。バンザイは進駐軍に禁じられている。やめるんだ」

警官は眼をいからした。

家村老人が、反発した。人々が集まってきた。中村は、老人を制した。多くの人に、自分の姿をみられたくなかった。

親類の者にかこまれて、道をたどった。夕色につつまれた故郷の町であった。

北上川の水は、澄んでいた。

かれは、橋の袂《たもと》から細い道に入った。頭上に葡萄《ぶどう》の蔓《つる》が、網目のようにつらなっている。それは、かれが農業学校に在学していた間に苗を植えたものだった。

右方にかれは、林檎《りんご》が見事にみのっているのに気づいた。今年の作柄はいいらしい。林檎の樹《き》もかれの家の所有だった。

「帰ってきたぞ、末吉が帰ってきたぞ」

伯父が、家の中に大きな声をかけた。

よろめきながら出てきた老婆がいた。母だった。その手がふるえながら、かれの体にしがみついてきた。

「生きていたのか」

と、母は細い声で言った。

中村は、母を抱きしめた。母は、老いていた。

泣き声が、あたりにみちた。

かれは、軍隊生活九年、捕虜生活四年半をへて年齢は三十一歳。母は七十二歳になっていた。

仏壇には、父と自分の位牌《いはい》が並び遺影もかざられていた。

翌日、寺へ行った。その後方にある墓地には、立派なかれの墓が建っていた。大東亜戦争で、かれは岩手県で初の戦死者として千八百円の現金と同額の国債が下賜《かし》されていた。母は、その中から千二百円の金を出して墓を建てたのだ。

かれは、墓をみつめた。そこには太平洋院義芳全道義直居士という戒名が、正しい楷書《かいしょ》で刻みつけられていた。

中村末吉氏は、現在五十六歳である。

氏の戦死公報がとどいた後、妹が婿《むこ》を得て家督を相続していた。そのため氏は家をはなれ、農業学校卒の学歴を生かして岩手県の林檎選定員になって生計を立てた。そして、その後果樹園をもつ人の経営するガソリンスタンドに勤めるようになった。

氏はきわめて礼儀正しい人で、私の質問にも折目正しい口調で答える。

墓をみたいと私が言うと、

「売ってしまいました。自分の墓をみるのは妙な気分がしますので……」

と、氏は、顔を輝かせて笑った。

町役場で死亡届を撤回してもらったが、その手続き上、米、味噌《みそ》、醤油《しょうゆ》などの配給手帳は、出産と同じ扱いを受けて年齢を一歳にされたという。

「帰郷後、捕虜であったことが恥ずかしくて、半月ほどは家の外に出ませんでした。それから後も、人目のつかない路《みち》ばかり歩いてひっそりと暮しました。しかし、捕虜であったのに、町の人は温かい眼で接してくれました。仏さんが来た、などとからかわれたりしましたが……」

中村氏は、微笑した。

町役場の一室で氏と話していると、大きな体をした老町長が入ってきた。

私の来訪目的をきき知っていたらしく、町長は、

「中村君は、捕虜でしてね」

と、言った。

中村氏は、恥ずかしそうに顔を伏した。

町長は、戦時中も要職にあったのか、太平洋上で行方不明になった氏のために、県

庁を通じて海軍省に戦死の公報を出すよう陳情したという。

葬儀は、盛大なものであったらしい。町長も、その席には出席したという。

私がタクシーで町をはなれる時、中村氏は、道の傍で見送ってくれた。氏はタクシーが他の車のかげにかくれるまで、正しい姿勢で立ちつづけていた。

氏は、生きた。戦争が敗戦で終ったために、氏は他の多くの捕虜であった人たちとともに生きることができたのだ。

昨年十一月、氏から一通の手紙を受けとった。その文中に、

〝岩手山にも、雪がきました。中村も毎日元気に働いておりますから御安心下さい〞

とあった。

解説

安田武

この作者の作品には、見落すことのできない二つの特質がある。

第一。執筆に先立って、実に丹念、克明な資料集めの作業がある。資料は文献・文書の類の場合もあり、また、聞き書きの場合もある。いずれにせよ、綿密に周到に、主題をめぐるあらゆる資料が集められる。資料蒐集《しゅうしゅう》に、万遺漏なし、という自らの納得なしに筆を執ることは、この作者に限って、おそらく皆無だろう。

第二。丹念、周到に集められた資料にもとづく作品は、当然、どれも深刻で重大な現代的主題が選ばれているが、しかし、作者の筆づかいは、常に冷静かつ平明で、激語による饒舌《じょうぜつ》は、むしろ慎重に回避されている。そして、そのことが、作品の全体に、屢々《しばしば》、澄明な哀愁の表現となって漂う。——以上の二点だ。

『背中の勲章』は、もし包括的な分類をするとすれば、いわゆる「戦争文学」として扱われるべき作品だろう。しかも、戦争を裏側から——という言い方は、必ずしも適切ではないけれど——戦時下を、米軍の「俘虜《ふりょ》」として生きねばならなかった人びとの側から通観しつつ、一つの「太平洋戦争」史を、みごとに描いている、ということができる。

嘗《かつ》ての戦時日本における「俘虜」あるいは「虜囚」については、若干の注釈が必要だろう。その一つは、軍事捕虜の取扱いを規定する国際条約に、日本が加盟していなかったことである。戦後の戦争責任追及は、このため、俘虜虐待《ぎゃくたい》をめぐって、一層深刻な、紛糾した曲折を辿《たど》らねばならなかった。とりわけ、BC級戦犯裁判を、陰惨で悲劇的なものにした。

(因《ちなみ》に書き添えれば、この作者の『遠い日の戦争』〈昭和五十三年、新潮社〉は、BC級戦犯を扱った数多くない「戦争文学」のなかで、出色のものである)

その二は、本文中にも、繰り返し書かれている「生きて虜囚の辱《はずか》しめを受くる勿《なか》れ」という『戦陣訓』の「訓《おし》え」が、徹底してたたきこまれていた、ということであろう。「玉砕」と呼ばれた、日本軍（サイパンや沖縄では、必ずしも「軍」だけではない。多くの非戦闘員が含まれている）の集団的な自殺行動も、この「訓え」に根本の原因があった。

本書では、そういう日本人捕虜の「第二号」として登録されていた一水兵が、主人公として登場する。実をいえば、周到入念なのは、この作者の資料蒐集に関する準備だけではなく、そもそも主題の設定自体において、そうなのかも知れないと思う。

というのは、太平洋戦争の捕虜「第一号」は、開戦の真珠湾攻撃における特殊潜航艇で生き残った酒巻和男であり、彼に関しては、本人自身の手記を含めて、既にその真相の多くが語られている。

作者は、当然、「第一号」を避け（サカマキは、作中にさり気なく登場させるだけ）、敢えて、「第二号」に着目したのだったろう。中村末吉一水という、岩手県生まれの一海軍志願兵について、知る人はいない。むろん、彼が、わずか九四トンという徴傭《ちょうよう》の鰹《かつお》船に乗って、敵機動部隊の発見に、特殊な任務をもっていたことなど知ろう筈《はず》もない。いや、そんな「特設監視艇隊」の存在したことを、多くの戦史も記してはいないだろう。

しかも、これは完全な「特攻隊」だった。「無線機は、敵にその所在をさとられぬため完全に発信を厳禁されている。……長渡《ちょうと》丸の無線機から発信音が出るのは、敵を発見した時にかぎられる。つまり敵発見を友軍に打電した時、それは艇員全員の戦死を意味しているのだ」という。

前田兵曹長を艇長とする「長渡丸」は、この任務を遂行し、艇長以下乗組員は、つぎつぎに敵弾に斃《たお》れるが、中村一水以下五名だけは、艇の沈没後、洋上で米兵に捕えられる。戦闘の経過は、例によって、作者の淡々とした筆で、簡潔に適確に綴《つづ》られている。

こうして、中村一水の四年半に渡る捕虜生活がはじまるのだ。外界との接触を、まったく絶たれてしまった中村たちに、戦況の推移などわかろう筈もなかった。だが、中村が四名の部下と、それにサカマキ少尉《しょうい》を加えた六人で、ニューメキシコ州ローズバーグの収容所に移って一カ月ほど後のある日、突然、五十名近い日本軍捕虜が現れたのだった。

中村たちは、彼らの口から、「ミッドウエイ海戦」という言葉を聞く。これが最初だった。捕虜の数は増えつづける。昭和十八年が明けると、六月、アッツ島玉砕の生き残りが、おおよそ想像を絶する惨《みじ》めな姿でやってきた。そして、ガダルカナル。昭和十九年。「飛行機の搭乗《とうじょう》員」や「撃沈された艦艇の乗組員」が、どこからともなく送り込まれてくる。やがて、サイパンの失陥。捕虜の数は、いつか五百名を超えていた。だが、実は、それどころではなかったのだ。移動命令が出て、ウイスコンシン州のマッコイ収容所へきてみると、ここには、グアム、テニアンほかでの捕虜、「PWという文字を背に負った日本軍将兵があふれていた」のだ。軍属もいた。総数は、優に二千名を超えていたのである。

こうして昭和二十年を迎えると、まず「硫黄島についでセブ島の守備隊員」が入所してくる。更に、「収容所周辺の緑の色が濃さを増した頃、五百名近い日本軍捕虜が入所してきた。沖縄が陥落したのだ」

八月十五日の敗戦まで、もういくらもない。沖縄陥落以後、捕虜の新入りが、ぱったり杜絶《とだ》えるが、しかし、捕虜たちは、それを戦線の膠着《こうちゃく》か、戦局の好転と考えるのだ。米軍側は、捕虜たちの動揺を極度に警戒して、敗戦の事実を、注意深く秘匿《ひとく》していたのだった。

冒頭のところで、適切な言い方ではないが、という保留をつけた上で、本書が、太平洋戦争史を「裏側」から、みごとに描いていると書いた。捕虜「第二号」の出撃から筆を起こした作者は、いま駆け足で辿《たど》り直してみたとおり、ミッドウエイにはじまって沖縄まで、次第に敗色を濃くしていく戦況の推移を、増えつづけていく捕虜の数と、その生態をもって描いていった。昭和二十一年秋の内地帰還（復員）までの期間を含め、足掛け六年にわたった太平洋戦争の経緯と惨禍《さんか》とを、よく抑制のきいた筆致で、むしろ口数少なく語った。口数は少なかったが、その含蓄するものは広く深い。ガダルカナルの凄惨《せいさん》な戦闘、敗北を、本書の作者のような筆で描いた者はいないだろう。

「虜囚」問題と「特攻」作戦の狂信については、最初に触れた。もう一つ――冷静、客観的な判断は、当然、自国の不利と敗色を認識せねばならぬ筈なのに、窮境に陥れば陥るほど、却《かえ》って、絶対的な勝利を信じ揚言する人びとのその狂信的な姿。「勝つよ。日本は必ず勝つよ」。イタリアが降伏し、ドイツ軍がソ連戦線で、いかに敗北を重ねても――「日本は、一国になってもやりますよ。絶対に勝ちますよ」

国を挙げてのこの「狂信」が、戦時下日本を、どんなに息苦しく、不幸なものにし、その犠牲を計り知れない厖大《ぼうだい》なものにしてしまったか、私たちが忘れてはならぬ歴史の教訓といっていい。

「私は、氏の話をききながら時折笑った。氏も笑った。しかし、その笑いの後には、戦争というものの無気味な深淵《しんえん》をのぞきこんだような気がして、私と氏は少しの間沈黙するのが常であった」と、作者は、序章に当たる部分の終りに、さり気なく書き込んでいる。本書全篇を貫く「無気味な深淵」は、まさしく、戦争が齎《もたら》す「ある狂気」としか言いようのないものであろう。

最後に、敗戦後、ソ連軍の軍事捕虜として、一カ年余の収容所生活を余儀なくされた私自身の体験にまつわった感想を、書き加えさせて貰《もら》うなら、たとえば、ココーラン収容所から、列車でサンフランシスコへ移動を命ぜられた三千名の捕虜たちが、行先を告げられないまま、「どこへでも連れて行け」と、絶望的につぶやきながら、ハワイへ連れ戻されるのではないか、あるいは、南海の島々やオーストラリア方面に移動させられるのではないか、といったさまざまの流言と臆測《おくそく》に、一喜一憂するさまは、私たちが北朝鮮の興南から帰還した時のそれと、まったく寸分のちがいもない。祖国へ無事帰るということが、心の底の烈《はげ》しい、秘《ひそ》かな願望であればあるほど、人びとの心は、一方で悲観的絶望にとらわれやすく、だからこそ、また他方では、一縷《いちる》の望みにも、過大な期待を寄せるようになるのだった。

こうして漸《ようや》く辿り着いた祖国で、三十「銭」と思った駅弁の三十「円」に腰を抜かしたり、窓ガラス一枚ない列車の、通路から網棚の上まで、ぎっしりと身動きもできぬ混雑のなかで、「中村は、かれらが自分の知っている日本人とは全く異なった人種のように思えてならなかった。老人が疲れたように立っているのに、若い男たちは席をゆずろうともしない。女は、子供を抱き上げて窓から排尿させる。日本人の心は荒《すさ》んでしまった、とかれは思ったが、その責任は軍籍にあった自分たちの負わねばならぬものだとも感じた」といった感慨なども、当時の復員兵士それぞれのいつわりない胸中であったろう。この作者の綿密な取材と克明な目配りは、わずか数行の何気ない描写にまでゆき届いて剰《あま》すところない。
なお、この作品が発表されたのは昭和四十六年、掲載誌は『小説新潮』（三、四、五月号）であった。

（昭和五十七年四月、評論家）

この作品は昭和四十六年十二月新潮社より刊行された。

吉村昭著

漂流

水もわかず、生活の手段とてない絶海の火山島に漂着後十二年、ついに生還した海の男がいた。その壮絶な生きざまを描いた長編小説。

吉村昭著

空白の戦記

闇に葬られた軍艦事故の真相、沖縄決戦の秘話……。正史にのらない戦争記録を発掘し、戦争の陰に生きた人々のドラマを追求する。

吉村昭著

海の史劇

《日本海海戦》の劇的な全貌。七カ月に及ぶ大回航の苦心と、迎え撃つ日本側の態度、海戦の詳細などを克明に描いた空前の記録文学。

吉村昭著

大本営が震えた日

開戦を指令した極秘命令書の敵中紛失、南下輸送船団の隠密作戦。太平洋戦争開戦前夜に大本営を震撼させた恐るべき事件の全容——。

吉村昭著

羆（くまあらし）嵐

北海道の開拓村を突然恐怖のドン底に陥れた巨大な羆の出現。大正四年の事件を素材に自然の威容の前でなす術のない人間の姿を描く。

吉村昭著

ポーツマスの旗

近代日本の分水嶺となった日露戦争とポーツマス講和会議。名利を求めず講和に生命を燃焼させた全権・小村寿太郎の姿に光をあてる。

吉村昭著
遠い日の戦争
米兵捕虜を処刑した一中尉の、戦後の暗く怯えに満ちた逃亡の日々――。戦争犯罪とは何かを問い、敗戦日本の歪みを抉る力作長編。

吉村昭著
光る壁画
胃潰瘍や早期癌の発見に威力を発揮する胃カメラ――戦後まもない日本で世界に先駆け、その研究、開発にかけた男たちの情熱。

吉村昭著
破船
嵐の夜、浜で火を焚いて沖行く船をおびき寄せ、坐礁した船から積荷を奪う――サバイバルのための苛酷な風習が招いた海辺の悲劇！

吉村昭著
破獄
読売文学賞受賞
犯罪史上未曽有の四度の脱獄を敢行した無期刑囚佐久間清太郎。その超人的な手口と、あくなき執念を追跡した著者渾身の力作長編。

吉村昭著
雪の花
江戸末期、天然痘の大流行をおさえるべく、異国から伝わったばかりの種痘を広めようと苦闘した福井の町医・笠原良策の感動の生涯。

吉村昭著
脱出
昭和20年夏、敗戦へと雪崩れおちる日本の、辺境ともいうべき地に生きる人々の生き様を通して、〈昭和〉の転換点を見つめた作品集。

新潮文庫の新刊

万城目 学著
あの子とQ
高校生の嵐野弓子の前に突然現れた謎の物体Q。吸血鬼だが人間同様に暮らす弓子の日常は変化し……。とびきりキュートな青春小説。

川上未映子著
春のこわいもの
容姿をめぐる残酷な真実、匿名の悪意が招いた悲劇、心に秘めた罪の記憶……六人の男女が体験する六つの地獄。不穏で甘美な短編集。

桜木紫乃著
孤蝶の城
カーニバル真子として活躍する秀男は、手術を受け、念願だった「女の体」を手に入れた！　読む人の運命を変える、圧倒的な物語。

松家仁之著
光の犬
河合隼雄物語賞・芸術選奨文部科学大臣賞受賞
やがて誰もが平等に死んでゆく――。ままならぬ人生の中で確かに存在していた生を照らす、一族三代と北海道犬の百年にわたる物語。

池田 渓著
東大なんか入らなきゃよかった
残業地獄のキャリア官僚、年収230万円の地下街の警備員……。東大に人生を狂わされた、5人の卒業生から見えてきたものとは？

西岡壱誠著
それでも僕は東大に合格したかった
―偏差値35からの大逆転―
成績最下位のいじめられっ子に、担任は、東大を目指してみろという途轍もない提案を。人生の大逆転を本当に経験した「僕」の話。

背《せ》中《なか》の勲《くん》章《しょう》

新潮文庫 よ-5-12

昭和五十七年五月二十五日 発行
平成二十四年九月十五日 二十一刷改版
令和七年四月十五日 二十四刷

著者 吉《よし》村《むら》昭《あきら》

発行者 佐藤隆信
発行所 株式会社 新潮社
郵便番号 一六二―八七一一
東京都新宿区矢来町七一
電話 編集部(〇三)三二六六―五四四〇
読者係(〇三)三二六六―五一一一
https://www.shinchosha.co.jp

価格はカバーに表示してあります。

乱丁・落丁本は、ご面倒ですが小社読者係宛ご送付ください。送料小社負担にてお取替えいたします。

印刷・株式会社光邦 製本・株式会社大進堂

ISBN978-4-10-111712-6 C0193